이야기 있는 시가
가사문학

이야기 있는 시가 가사문학

초판 1쇄 2018년 12월 17일
엮은이 박란경
펴낸이 권경미
펴낸곳 도서출판 책숲
출판등록 제2011-000083호
주소 서울시 용산구 후암로 40길 2
전화 070-8702-3368
팩스 02-318-1125

ISBN 979-11-86342-18-3 43810

이 도서의 국립중앙도서관 출판시도서목록(CIP)은 서지정보유통지원시스템
홈페이지(http://seoji.nl.go.kr)와 국가자료공동목록시스템(http://www.nl.go.kr/kolisnet)에서
이용하실 수 있습니다.(CIP제어번호: CIP2018039097)

이야기 있는 시가
가사
문학

차례

운문과 산문의 과도기 문학, 가사문학

가사는 고려 말에서 조선 초기에 생겨난 문학으로 짧게 써야 하는 시조의 제약에서 좀 더 자유롭게 표현하기 위해 만들어진 문학 양식이다. 형태는 시조와 같이 3·4조, 4·4조 4음보인데 시조는 3장이라는 짧은 형식이지만 가사는 길이 제한을 받지 않는 연속체이다.

또 가사는 형식에서는 시조의 운문적인 특징을 지녔지만 내용에서는 개인의 정서나 교훈, 훈계, 견문, 감상의 산문적인 요소를 담고 있어 시가 문학에서 산문 문학으로 넘어가는 과도기적 형태를 보인다. 서사, 본사, 결사의 3단 구조로 되어 있으며 맨 마지막 행이 시조의 종장과 흡사한 낙구*를 쓰거나 3·5·4·3의 글자를 맞춘 것이 많다. 조선 후기로 넘어가면서 마지막 행의 음수율(3 5 4 3)을 지키지 않은 작품들이 등장하는데 전자를 정격가사, 후자를 변격가사로 구분하여 부르기도 한다.

가사의 주제와 작가층은 조선 전기와 후기로 구분할 수 있다. 임금에 대한 충성(충신연주지사), 자연에 대한 예찬과 안빈낙도를 다루었던 조선 전기에는 작가층이 주로 양반 사대부였고, 삶의 애환을 담고 현실의 문제점을 바판하기도 한 조선 후기 작품들은 작가층이 부녀자와 평민들이었다. 후기에 와서는 수필에 가까운 장편가사가 등장하기도 하는데 민요와 결합하여 잡가의 형태를 낳기도 하였다.

가사는 내용에 따라 은일가사, 유배가사, 기행가사, 규방(내방가사)

로 구분하기도 한다.

가사의 대표 작자는 정철과 박인로인데 그들의 작품에는 한 가지 주제를 중심으로 유배와 은일, 충신연주지사, 기행가사의 내용을 골고루 섞어 담고 있다. 한편 외출도 자유롭지 않고 집 안에만 갇혀 지내다시피 하던 조선시대 양반 여인들의 답답한 삶과 애환을 담은 허난설헌의 〈규원가〉는 규방가사의 대표작이다. 또한 <누항사>를 기준으로 가사문학은 조선 전기와 후기로 나누어 구분할 수 있다.

조선 후기의 가사는 전기의 관념적이고 서정적인 내용에서 서사적이고 구체적인 내용으로 다양해졌다. 형식면에서도 '서사 - 본사 - 결사'라는 정형화된 구조에서 보다 자유로운 장형화, 산문화되는 변화를 보인다. 이는 조선 후기 양대 전란 이후 성장한 서민 의식과 산문 정신의 영향에서 비롯된 결과라고 할 수 있다. 분량 또한 조선 전기 가사에 비해 방대해졌고 문장도 과장된 표현 없이 있는 그대로 사실적으로 그리고 있다.

상춘곡(賞春曲)

− 정극인

한가로움 속의 참다운
즐거움을 아는 이 없으니
나 혼자로구나.

상춘곡

어지러운 세상(속세)에 사는 사람들이여,

자연에서 사는 나의 생활이 어떠한고?(궁금하지요)

옛 사람들의 풍류를 따를 것인가 못 따를 것인가?

남자 몸으로 이 세상에 태어나서

나와 같은 처지의 사람이 많건마는

어찌하여 그들은 자연에 묻혀 지내는 즐거움을

모른단 말인가?

몇 칸 안 되는 작은 초가집을

푸른 시냇물 앞에 지어두고,

소나무, 대나무 우거진 수풀 속에서

자연을 즐기는 사람이 되었구나.

엊그제 겨울이 지나 새봄이 돌아오니,

복숭아꽃과 살구꽃은 햇살 속에 피어 있고,

푸른 버드나무와 향기로운 풀은

가랑비에 생기를 얻어 더 푸르구나.

칼로 다듬어 내었는가, 붓으로 그려 내었는가?

조물주의 신비로운 재주가 사물마다 야단스럽구나.

수풀에서 우는 새는 아름다운 봄기운을 못 이겨

우는 소리마다 아양이구나.

자연과 내가 한 몸이 되니, 흥겨움조차 다르겠는가?

사립문 앞을 걸어도 보고, 정자 위에 앉아도 보니,

천천히 거닐며 나직이 시를 읊조리는

산속의 하루가 적적한데,

한가로움 속의 참다운 즐거움을 아는 이 없으니

나 혼자로구나.

여보게 이웃 사람들아, 경치 구경 가자꾸나.
풀밟기(산책)는 오늘 하고,
개울에서 목욕하기는 내일 하세.
아침에는 산에서 나물을 캐고, 저녁에는 고기를 낚으세.

이제 막 익은 술을 칡베로 만든 두건으로 걸러 놓고,
꽃나무 가지 꺾어 잔 수를 세면서 술을 먹으리라.
화창한 봄바람이 살짝 불어 푸른 물을 건너오니,
푸른 향기는 잔에 스미고 붉은 꽃잎은
옷으로 떨어진다.
술독이 비었으면 나에게 알려라.
심부름하는 아이에게 술집에 술이 있는지 물어
술을 사다가,
어른은 지팡이 짚고 아이는 술동이 메고(와서)

시를 나직이 흥얼거리면서 천천히 걸어가
시냇가에 혼자 앉아,
고운 모래 맑은 물에 잔 씻어 부어 들고
맑은 물을 바라보니, 떠오르는 것이 복숭아꽃이로다.
무릉도원이 가까운 듯하다.
아마 저 들이 그곳(무릉)인가?

소나무 숲 사이로 난 가느다란 길에
진달래꽃을 붙들어 들고,
산봉우리에 급히 올라 구름 속에 앉아 보니,
수많은 마을이 여기저기에 흩어져 있네.
안개와 노을, 빛나는 햇살은 수놓은 비단을
펼쳐 놓은 듯하고
엊그제까지만 해도 (겨울빛으로)거뭇거뭇한 들에
이제 봄빛이 흘러넘치는구나.

공명도 날 꺼리고, 부귀도 날 꺼리니,

아름다운 자연 (맑은 바람과 밝은 달) 외에

어떤 벗이 있겠는가?

누추한 곳에서 가난한 생활을 하여도

헛된 생각 아니 하네.

아무튼 평생 누리는 즐거움이 이 정도면

만족스럽지 않은가?

정극인 조선 전기의 학자로 호는 불우헌이다. 조선시대 최초의 가사 작품인 《상춘곡》을 지었다.

상춘곡(賞春曲)

紅塵(홍진)에 뭇친 분네 이 내 生涯(생애) 엇더ᄒᆞ고,

녯 사ᄅᆞᆷ 風流(풍류)ᄅᆞᆯ 미ᄎᆞᆯ가 못 미ᄎᆞᆯ가.

天地間(천지간) 男子(남자) 몸이 날만ᄒᆞᆫ 이 하건마ᄂᆞᆫ,

山林(산림)에 뭇쳐 이셔 至樂(지락)을 ᄆᆞᄅᆞᆯ 것가.

數間茅屋(수간모옥)을 碧溪水(벽계수) 앏픠 두고,

松竹(송죽) 鬱鬱裏(울울리)예 風月主人(풍월 주인) 되어셔라.

엇그제 겨을 지나 새봄이 도라오니,

桃花杏花(도화 행화)ᄂᆞᆫ 夕陽裏(석양리)예 퓌여 잇고,

綠楊芳草(녹양 방초)ᄂᆞᆫ 細雨中(세우 중)에 프르도다.

칼로 몰아 낸가, 붓으로 그려 낸가,

造化神功(조화 신공)이 物物(물물)마다 헌ᄉᆞ롭다.

수풀에 우ᄂᆞᆫ 새ᄂᆞᆫ 春氣(춘기)ᄅᆞᆯ ᄆᆞᆺ내 계워 소ᄅᆡ마다 嬌態(교태)로다.

物我一體(물아일체)어니, 興(흥)이이 다룰소냐.

柴扉(시비)예 거러 보고, 亭子(정자)애 안자 보니,

逍遙吟詠(소요음영)ᄒ야, 山日(산일)이 寂寂(적적)ᄒ듸,

閒中眞味(한중진미)룰 알 니 업시 호재로다.

이바 니웃드라, 山水 구경 가쟈스라.

踏靑(답청)으란 오눌 ᄒ고, 浴沂(욕기)란 來日ᄒ새.

아춤에 採山(채산)ᄒ고, 나조히 釣水(조수)ᄒ새.

ᄀᆞᆺ 괴여 닉은 술을 葛巾(갈건)으로 밧타 노코,

곳나모 가지 것거, 수 노코 먹으리라.

和風(화풍)이 건듯 부러 綠水(녹수)룰 건너오니,

淸香(청향)은 잔에 지고, 落紅(낙홍)은 옷새 진다.

樽中(준중)이 뷔엿거둔 날ᄃᆞ려 알외여라.

小童(소동) 아히ᄃᆞ려 酒家(주가)에 술을 믈어,

얼운은 막대 집고, 아히ᄂᆞᆫ 술을 메고,

微吟緩步(미음완보)ᄒ야 시냇ᄀ의 호자 안자,

明沙(명사) 조흔 믈에 잔 시어 부어 들고,

淸流(청류)를 굽어보니, 뼈오ᄂᆞ니 桃花(도화)ㅣ로다.

武陵(무릉)이 갓갑도다. 져 미이 귄 거인고.

松間(송간) 細路(세로)에 杜鵑花(두견화)를 부치 들고,

峰頭(봉두)에 급피 올나 구름 소긔 안자 보니,

千村萬落(천촌만락)이 곳곳이 버려 잇ᄂᆡ.

煙霞日輝(연하일휘)ᄂᆞᆫ 錦繡(금수)를 재폇ᄂᆞᆫ 듯.

엇그제 검은 들이 봄빗도 有餘(유여)홀샤.

功名(공명)도 날 씌우고, 富貴(부귀)도 날 씌우니,

淸風明月(청풍명월) 外(외)예 엇던 벗이 잇ᄉᆞ올고.

簞瓢陋巷(단표누항)에 흣튼 혜음 아니 ᄒᆞᄂᆡ.

아모타, 百年行樂(백년행락)이 이만ᄒᆞᆫ ᄃᆞᆯ 엇지ᄒᆞ리.

'청향은 잔에 지고 낙홍은 옷에 진다'

〈상춘곡〉은 말 그대로 '봄의 경치를 즐기는 노래'라는 뜻이야. 지은이의 눈에 비친 봄의 경치는 어떠했을까? 겨울의 거뭇거뭇한 들판이 사라지고 알록달록한 새봄의 빛이 온 세상에 가득하네. 벼슬을 그만두고 고향인 태인으로 내려간 지은이 정극인은 자연 속에 묻혀 지내는 자신이 너무 만족스럽고 즐겁기까지 하다고 해. 또 복잡한 세상의 부귀영화나 공명이 자신을 꺼린다고 말하지. 하지만 부귀영화나 공명이 자신을 꺼리는 것이 아니라 자신이 이것들을 멀리하고 있어. 이런 표현을 주객전도라고 해. 권력이나 재물을 위해 서로 다투며 사는 세상을 향한 비판도 되겠지.

사대부 가사의 처음 작품으로 꼽히는 〈상춘곡〉은 같은 시기에 만들어진 송순의 〈면앙정가〉나 정철의 〈관동별곡〉에 비해 임금의 은혜에 감사하는 내용이 한 구절도 없다는 특징이 있어.

소박하고 가난한 생활이지만 자연을 사랑하는 마음에 오히려 즐거움을 누린다는 안빈낙도(安貧樂道)사상은 벼슬길에서 물러난 사대부들의 은일가사에 나오는 주요 사상이라 할 수 있지. 여기에 나오는 시어들 '벽계수', '도화행화', '두견화', '녹양방초', '세우' 등은

이후에 나오는 다른 가사 작품에도 자연의 분위기를 고조하고 화자의 심정을 대변하는 소재로 자주 등장하니 기억해 두렴.

이 작품은 화자의 움직임, 공간의 이동에 따라 펼쳐지고 있어. 우리는 화자의 시선을 따라 수간모옥에서 출발하여 들판, 시냇가, 산 위로 올라가 봄의 경치를 구경할 수 있어.

처음 첫 구절에 '홍진', 속세의 먼지나 세속의 욕심에 묻어 사는 사람들에게 그 먼지를 떨어버리고 자연에 묻혀 사는 자신의 이야기를 들어보라고 해. 그리고 벽계수 앞의 소박한 집이 나오지. '수간모옥'에서 나온 화자는 '정자' 위에서 시를 읊으며 한가로움 속에서 느끼는 여유의 참맛을 혼자서 다 누리고 있구나.

아름다운 자연을 이웃과 함께 나누고픈 화자는 정자에서 내려와 이웃에게 산책을 가자고 하는구나. 갈건으로 걸러놓은 술동이를 짊어지고 시냇가에 앉아서 꽃나무 가지 꺾어서 그 잔 수를 세어가며 먹자고 권하네.

소나무 사이로 난 길에 핀 진달래꽃을 붙들어 잡고 산봉우리에 올라 백성들이 사는 마을에도 골고루 퍼져 있는 봄의 경치를 보고 지은이는 청빈한 군자의 모습을 또 한 번 다짐하고 있어. 부귀와 공명이 나를 꺼리지만 청풍명월 같은 자연의 벗이 있으니 누추한 곳, 단표누항에서도 허튼 생각을 않고 오래오래 행복하게 살수 있겠다고 말이야.

가사 문학에는 더욱 실감나는 표현을 위해 중국의 고사(옛이야기, 시구절)가 자주 나오는데 당시 선비들은 자주 접해 온 이야기다

보니 상황에 맞는 적절한 비유라 생각했나 봐. 그러나 다른 시대를 살고 있는 우리는 생소하기만 해. 자연을 자기 것으로 여겨 즐기는 사람이라는 풍월주인(風月主人)과 자연을 의미하는 청풍명월(淸風明月)은 모두 소동파의 〈적벽부〉에 나오는 시 구절이란다. '갈건'은 도연명의 '갈건녹주(葛巾漉酒)'라는 구절을 인용하였어. 여기서는 칡베로 만든 두건이 술을 걸러 마시는 도구로 사용되었지만 다른 의미로는 숨어서 은둔하는 선비, 은일지사를 상징하고 있구나. '단표누항' 또한 《논어》에 나오는 공자의 말로 가난한 생활을 의미해. 그밖에도 '욕기', '답청' 같은 말들이 《논어》나 중국의 세시풍속과 연관되어 있다고 하니 당시 우리나라 사람들이 중국의 문화와 생활에 많은 영향을 받았음을 문학작품에서도 알 수 있는 좋은 사례라 할 수 있어.

한 걸음 더

〈상춘곡〉은 15세기에 창작된 작품으로 알려져 있으나 작품이 수록된 《불우헌집》에는 18세기 표기법으로 기록되어 있어. 15세기 국어의 음운과 어법이 18세기에는 어떻게 변해 가는지 《세종어제 훈민정음》과 〈동명일기〉 등을 비교해 보면서 살펴보면 어떨까?

면앙정가(俛仰亭歌)

- 송순

넓고 평평한 바위 위에
소나무와 대나무를 헤치고
정자를 앉혀 놓았으니,

면앙정가

무등산 한 자락이 동쪽으로 뻗어 있어,
(무등산을) 멀리 떨치고 나와 제월봉이 되었거늘,
끝없이 넓은 들판에 무슨 생각을 하느라고.
일곱 굽이가 한 곳에 움츠려
무더기무더기 벌여 놓은 듯한가.
그 가운데 굽이는 구멍에 든 늙은 용이
선잠을 막 깨어 머리를 얹어 놓은 듯하니.

넓고 평평한 바위 위에
소나무와 대나무를 헤치고 정자를 앉혀 놓았으니,

구름을 탄 푸른 학이 천리를 가려고
두 날개를 벌리고 있는 듯하다.

옥천산, 용천산에서 흘러내린 물이
정자 앞 넓은 들에 끊임없이 퍼져 있으니,
넓으면서도 길며, 푸르면서도 희다.
두 마리 용이 몸을 뒤트는 듯,
긴 비단을 쫙 펼쳐 놓은 듯,
어디로 가느라고 무슨 일이 바빠서
달리는 듯, 따르는 듯, 밤낮으로 흐르는 듯하다.

물 따라 펼쳐진 모래밭은
눈같이 (하얗게) 펼쳐져 있는데,
어지러운 기러기들은 무엇을 어르느라고
앉았다 날아갔다, 모였다 흩어졌다,
갈대꽃을 사이에 두고 울면서 서로 따라다니느냐?

넓은 길 밖이요, 긴 하늘 아래

두르고 꽂은 것은 산인가 병풍인가, 그림인가 아닌가.

높은 듯 낮은 듯, 끊어지는 듯 이어지는 듯,

숨거니 보이거니, 가거니 머물거니,

어지러운 가운데 유명한 체 뽐내며

하늘도 두려워하지 않고

우뚝이 서 있는 여러 산봉우리 가운데

추월산이 머리를 이루고

용귀산, 봉선산,

불대산, 어등산,

용진산, 금성산이

허공에 늘어서 있거든,

멀리 가까이에 푸른 절벽에 머문 것(펼쳐진 경치)도

많기도 하구나.

흰 구름과 뿌연 안개와 노을,

푸른 것은 산 아지랑이로구나

(구름, 안개, 노을, 산 아지랑이가) 수많은 바위와

골짜기를 제 집으로 삼아두고,

나면서 들면서 아양을 떠는구나.

날아오르다가 내려 앉다가

공중으로 떴다가 넓은 들로 건너갔다가

푸르락 붉으란, 옅으락 짙으락

석양과 섞여 가랑비까지 뿌리는구나.

뚜껑 없는 가마를 재촉해 타고

소나무 아래 굽은 길로

오며 가며 하는 때에,

푸른 버드나무에서 지저귀는 꾀꼬리는

흥에 겨워 아양을 떠는구나.

나무와 억새풀이 우거져 녹음이 짙으진 때에,

긴 난간에서 긴 졸음을 내어 펴니,

물 위의 서늘한 바람이 그칠 줄 모르는구나.

된서리 걷힌 후에 산의 빛깔이
수놓은 비단 물결 같구나.
누렇게 익은 곡식은 또 어찌 넓은 들에 퍼져 있는가?
어부의 피리소리도 흥에 겨워
달을 따라 부르는 것인가?
초목이 다 떨어진 후에 강산이 묻혀 있거늘
조물주가 야단스러워 얼음과 눈으로 꾸며내니,
구슬로 꾸민 궁궐, 옥으로 만든 바다와 은으로 만든 산
같은 설경(雪景)이 눈 앞에 펼쳐져 있구나.
하늘과 땅도 풍성하구나,
가는 곳마다 아름다운 경치로다.

인간세상을 떠나와도 내 몸이 한가로울 겨를이 없다.
이것도 보려 하고 저것도 들으려 하고,

바람도 쐬려하고 달도 맞이하려고 하니,

밤은 언제 줍고 고기는 언제 낚으며,

사립문은 누가 닫고 떨어진 꽃은 누가 쓸 것인가?

아침이 (자연을 감상하느라고)부족한데

저녁이라고 싫을쏘냐?

오늘도 (자연을 즐길 시간이)부족한데

내일이라고 넉넉하랴?

이산에 앉아 보고 저 산에 걸어 보니

번거로운 마음이지만 버릴 것이 전혀 없다.

쉴 사이도 없는데 길(면앙정으로 오는, 자연을 벗삼는 삶)을 가르쳐 줄 틈이 있으랴.

(경치를 감상하느라 많이 다녀서)

푸른 명아주 지팡이가 다 무디어져 가는구나.

술이 익어 가는데 벗이 없을 것인가.

(노래를)부르게 하며, (악기를)연주하게 하며,

(음악에 맞추어 몸을)흔들며

온갖 소리로 취흥을 부추기니,

근심이라 있으며 시름이라 붙어 있으랴.

누웠다가 앉았다가 구부렸다가 젖혔다가,

(시를)읊었다가 휘파람을 불었다가 하며 마음 놓고 노니,

천지도 넓고 넓으며 세월도 한가하다.

복희씨의 태평성대를 모르고 지냈는데

지금이야말로 그때로구나.

신선이 어떠 것인지 몰라도 이 몸이야말로 신선이로구나.

아름다운 강산 거느리고 내 평생을 다 누리면,

악양루 위에 이퇴백이 살아온들

넓고 끝없는 회포가 이보다 더할 것인가.

이 몸이 이렇게 지내는 것도 역시 임금의 은혜이시도다.

송순 조선 중기 문신으로 호는 면앙정. 강호가도의 선구자로 시조에 뛰어났다.

면앙정가(俛仰亭歌)

无等山(무등산) 훈 활기 뫼히 동다히로 버더 이셔
멀리 쎄쳐 와 霽月峯(제월봉)의 되여거늘
無邊大野(무변대야)의 므솜 짐쟉흐노라,
일곱 구비 흠디 움쳐 므득므득 버럿눈 둧,
가온대 구비눈 굼긔 든 늘근 뇽이
선줌을 굿 쌔야 머리롤 언쳐시니

너ᄅ바회 우희
松竹(송죽)을 헤혀고 亭子(정자)롤 언쳐시니
구름 톤 靑鶴(청학)이 千里(천 리)를 가리라
두 ᄂ래 버럿눈 둧.

玉泉山(옥천산) 龍泉山(용천산) ᄂ린 믈이
亭子(정자) 압 너븐 들히 올올히 펴진 드시
넙쎠든 기노라 프르거든 희디 마나
雙龍(쌍룡)이 뒤트눈 둧 긴 깁을 치 펏눈 둧,
어드러로 가노라 므솜 일 빗얏바

듣는 듯 ᄯ로는 듯 밤낫즈로 흐르는 듯

므조친 沙汀(사정)은 눈ᄀᆞ치 펴졋거든
어즈러온 기러기는 므스거슬 어르노라
안즈락 ᄂᆞ리락 모드락 훗트락
蘆花(노화)를 ᄉᆞ이 두고 우러곰 좃니는고.

너븐 길 밧기요 긴 하ᄂᆞᆯ 아ᄅᆡ
두르고 ᄭ조즌 거슨 뫼힌가 屛風(병풍)인가 그림가 아닌가.
노픈 듯 ᄂᆞ즌 듯 긋는 듯 닛는 듯
숨거니 뵈거니 가거니 머믈거니
어즈러온 가온ᄃᆡ 일홈 눈 양ᄒᆞ야 하ᄂᆞᆯ도 젓티 아녀
웃독이 셧는 거시 秋月山(추월산) 머리 짓고
龍龜山(용구산) 夢仙山(몽선산)
佛臺山(불대산) 魚登山(어등산)
湧珍山(용진산) 錦城山(금성산)이
虛空(허공)에 버러거든
遠近(원근) 蒼崖(창애)의 머믄 것도 하도 할샤.

흰구름 브흰 煙霞(연하) 프로니는 山嵐(산람)이라.

千巖(천암) 萬壑(만학)을 제 집으로 삼아 두고

나명셩 들명셩 일히도 구는지고.

오르거니 느리거니

長空(장공)의 쪄나거니 廣野(광야)로 거너거니

프르락 블그락 여트락 디트락

斜陽(사양)과 섯거디어 細雨(세우)조차 쓰리는다.

藍輿(남여)룰 빅야 투고

솔 아릭 구븐 길로

오며 가며 흐는 적의

綠楊(녹양)의 우는 黃鶯(황앵) 嬌態(교태) 겨워 흐는고야.

나모 새 즈즈지어 綠陰(녹음)이 얼린 적의

百尺(백척) 欄干(난간)의 긴 조으름 내여 펴니

水面(수면) 凉風(양풍)야 긋칠 줄 모르는가.

즌 서리 쌔딘 후의 산 빗치 錦繡(금수)로다.

黃雲(황운)은 쏘 엇디 萬頃(만경)에 편거귀요.

漁笛(어적)도 흥을 계워 둘룰 ᄯ롸 브니는다.

草木(초목) 다 진 후의 江山(강산)이 미몰커놀

造物(조물)리 헌ᄉᄒ야 氷雪(빙설)로 ᄭ우며 내니

瓊宮瑤臺(경궁요대)와 玉海銀山(옥해은산)이

眼底(안저)에 버러셰라.

乾坤(건곤)도 가옴 열샤 간 대마다 경이로다.

人間(인간)을 ᄯ나와도 내 몸이 겨를 업다.

니것도 보려 ᄒ고 져것도 드르려코

ᄇᄅᆷ도 혀려 ᄒ고 돌도 마즈려코

밤으란 언제 줍고 고기란 언제 낙고

柴扉(시비)란 뉘 다드며 딘 곳츠란 뉘 쓸려뇨.

아춤이 낫브거니 나조히라 슬흘소냐.

오놀리 不足(부족)커니 來日(내일)리라 有餘(유여) ᄒ랴.

이 뫼히 안자 보고 뎌 뫼히 거러 보니

煩勞(번로)ᄒᆫ ᄆᆞᆷ의 ᄇᆞ릴 일이 아조 업다.

쉴 사이 업거든 길히나 젼ᄒ리야.

다만 ᄒᆞᆫ 靑藜杖(청려장)이 다 므듸여 가노미라.

술이 닉어거니 벗지라 업슬소냐.

블니며 튀이며 혀이며 이아며
온가짓 소릭로 醉興(취흥)을 븬야거니
근심이라 이시며 시룸이라 브트시랴.
누으락 안즈락 구브락 져츠락
을프락 프람ᄒ락 노혜로 놀거니
天地(천지)도 넙고넙고 日月(일월)도 ᄒ가ᄒ다.
羲皇(희황)을 모롤러니 이 적이야 긔로고야
神仙(신선)이 엇더틴지 이 몸이야 긔로고야.

江山風月(강산 풍월) 거놀리고 내 百年(백 년)을 다 누리면
岳陽樓(악양루) 샹의 李太白(이태백)이 사라오다,
浩蕩(호탕) 情懷(정회)야 이에서 더흘소냐.

이 몸이 이렁 굼도 亦君恩(역군은)이샷다.

'정자에 올라 사방을 둘러보다'

이 작품은 송순이 '면앙정'이라는 정자에서 지은 가사야. 면앙정은 송순이 벼슬에서 물러난 뒤 고향인 전남 담양으로 내려가 세운 정자로 제월산 중턱에 자리잡고 있지. 제월봉과 옥천산, 용천산을 흐르는 물이 보이도록 지어졌어. 우리 시가에는 정자에 앉거나 정자의 난간에 기대어 주변의 경치를 읊은 노래가 많아. 송순도 이 면앙정에서 시가를 지으며 문인들과 교류하고 후학들도 가르쳤어.

〈면앙정가〉는 꽤 긴 노래이고, 구체적인 지명이 많이 나오다 보니 낯설고 어렵게 느껴질 수도 있지만 한 폭의 동양화를 머릿속에 그려놓고 시조를 감상하듯이 한 구씩 읽어 가면 재미를 느낄 수 있을 거야.

첫 부분에서는 면앙정에서 바라본 제월봉의 형세와 면앙정의 모습을 이야기 해. 처음에는 면앙정 주변의 가까운 경치인 시냇물의 모습과 물가의 모래밭, 그 위를 이리저리 날고 있는 기러기의 모습을 묘사하고 있어. 이후는 시선을 멀리 돌려 용구산, 몽선산, 불대산, 어등산 같은 먼 경치를 소개하고 있지. 그러고는 면앙정의 각 계절별 자연의 모습과 정서를 그리고 있구나.

봄에는 흰 구름과 안개, 노을, 아지랑이 등이 수많은 바위와 골짜기에서 이리저리 움직이는 모습을 마치 아양을 떠는 것 같다고 표현했어.

여름에는 가마를 타고 산을 올라서 제월봉 아래 높은 곳에 지은 면앙정 난간에 길게 누워 시원한 바람을 맞으며 낮잠을 즐기는구나. 양반인 작가에게는 노란 꾀꼬리 소리가 흥에 겨워 아양을 떠는 듯 하고 멀리 강가의 바람도 서늘하게 느껴졌을 테지만 가마를 멘 하인들은 얼마나 힘들고 더웠을까? 사대부들의 여유로운 풍류 이면에는 평민들과 하인들의 노동과 땀이 배어 있음을 놓치지 말자.

서리가 내린 뒤의 단풍이 물든 산이 수놓은 비단 같고 벼가 누렇게 익은 들판이 노란 구름으로 펼쳐져 있는 것 같다는 가을에는 흥에 겨워 피리를 불며 낚시를 즐기기도 해. 겨울에는 눈에 덮여 사방이 고요한 들판을 바라보며 구슬로 꾸민 궁궐과 옥으로 된 바다, 은으로 된 산을 상상하며 가는 곳마다 아름다운 경치라고 감탄하고 있어.

마지막 결사에서는 바람 쐬고 떨어진 꽃을 줍느라고 부산한 자연친화적인 모습으로 돌아가서 술도 한 잔 기울인 후에 이 모든 여유로움과 한가함이 임금님의 은혜라고 말해.

〈면앙정가〉는 당시 사대부들이 자연을 벗 삼아 풍류를 즐기는 모습을 호방한 어조로 표현하고 있지. 산천과 광야의 멋진 모습을 높은 정자에서 바라보며 눈에 선하게 묘사하여 시가문학의 특성을 풍부하게 살리고 있어. 그러나 산문적인 요소에서 생각해 보면 당시의 사대부들의 이러한 유유자적하고 여유로운 삶을 위해 하층민들의 가혹한 희생이 있었음을 짚어볼 문제야.

〈면앙정가〉는 강호가도를 확립한 가사로 평가받고 있단다. 정철의 〈성산별곡〉, 〈관동별곡〉 등에도 많은 영향을 주었어.

한 걸음 더

'면앙정'은 전라남도 담양에 기념물로 지금도 보존되어 있는 정자란다. 기회가 되면 면앙정에 직접 올라서 제월봉 주변의 경치를 둘러보고 담양에 있는 '가사문학관'을 관람하여 우리 문학의 향기를 느껴보자.

관동별곡(關東別曲)

- 정철

경포호수보다 아름다운
경치를 갖춘 곳이
또 어디 있단 말인가?

관동별곡

자연을 너무 사랑하여 그 마음이 병처럼 깊어져
고향, 창평에서 편히 지내는데
(임금님께서) 팔백 리나 되는 강원도 관찰사의 직분을
(나에게) 맡기시니,
아아, 임금님의 은혜가 세월이 갈수록 끝이 없구나.
연추문(경복궁 서쪽문)을 통해 대궐로 달려 들어가서
경회루의 남문을 바라보면서,
(임금님께) 작별을 고하고 물러나니
벌써 부임 준비가 되어 있구나.
양주역(평구)에서 말을 갈아타고

여주(흑수)로 들어가니,
섬강(원주)은 어디인가? 치악산(원주)이 여기로구나.

소양강은 흘러 흘러 임금이 계신 한양으로 흐르는구나
임금과 이별하고 한양을 떠난 외로운 신하는
나라 걱정에 흰 머리만 늘어가는구나.
철원(동주)에서 밤을 겨우 지새우고 북관정에 오르니,
임금이 계신 한양의 삼각산(북한산)
제일 높은 봉우리가 보일 것만 같구나.
태봉국 궁예왕의 대궐터에서
무심한 까막까치가 지저귀니,
한 나라의 흥하고 망함을 알고 우는가, 모르고 우는가?
이곳의 회양이라는 지명이
옛날 중국 한나라의 회양 땅과 마침 같으니
회양 태수로 선정을 베풀었던
급장유의 풍채를 여기서 다시 볼 것인가.

감영(다스리고 있는 지역) 안이 별일 없고

시절이 3월인 때에,

화천의 시냇길이 금강산으로 뻗어 있다.

복장을 간편히 하고 돌길에 적당한 지팡이를 짚고,

백천동을 지나서 만폭동 계곡으로 들어가니,

은같은 무지개(폭포) 옥같은 용의 꼬리(폭포),

뒤섞여 떨어지는 웅장한 소리가

십 리 밖까지 울려 퍼졌으니,

멀리서 들을 때에는 천둥소리 같더니

가까이서 보니 흰 눈처럼 흩날리는구나.

금강대 맨 꼭대기에 신선이 된다는 학이 새끼를 치니,

옥피리 소리 같은 봄바람에 선잠을 깨었던지,

흰 저고리와 검은 치마를 입은 학이

공중에 높이 솟아오르니,

서호의 옛 주인인 임포를 반기는 듯

나를 반겨서 노는 듯하구나.

소향로봉과 대항로봉을 눈 아래로 굽어보고,
정양사가 있는 진헐대에 다시 올라앉으니,
중국의 여산처럼 아름다운 금강산의 참모습이
여기에서 다 보이는 듯하구나.
아아, 조물주의 재주가 야단스럽기도 야단스럽구나.
수많은 봉우리들은 날아 갈 듯, 뛰는 듯,
우뚝 서 있는 듯, 솟은 듯, 변화무쌍하구나.
연꽃을 꽂아 놓은 듯, 백옥을 묶어 놓은 듯,
동해를 박차는 듯, 북극을 괴어 놓은 듯하다.
높이 솟은 망고대, 외로워 보이는 혈망봉은
하늘에 치밀어 무슨 일을 아뢰려고
오랜 세월이 지나도록 굽힐 줄 모르느냐?
아아, 굳건히 지조를 지키는 망고대, 혈망봉이여,
너처럼 지조를 지키는 것이 또 있겠는가?

개심대에 다시 올라 중향성을 바라보며

만이천봉을 똑똑히 헤아려보니,

봉마다 맺혀 있고 끝마다 서려 있는 기운,

맑거든 깨끗하지 말고 깨끗하거든 맑지나 말지,

저 맑고 깨끗한 기운을 흩어 내어

뛰어난 인재를 만들고 싶구나.

산봉우리의 가만히 있는 모습도 끝이 없고

움직이는 모습도 다양하기만 하구나.

이 세상 생겨날 때에 저절로 만들어진 것일 테지만,

이제 와서 보니, 조물주의 뜻이 깃들어 있구나.

(금강산 가장 높은 봉우리인) 비로봉에 올라 본 사람이

그 누구인가?

(비로봉 정상에 오르니 '동산에 올라 노나라가 작고, 태
산에 올라 천하가 작다'고 한 공자님 말씀이 생각나는
구나)

동산과 태산 중 어느 것이 비로봉보다 높다는 말인가?

노나라가 좁은 줄도 우리는 모르는데,

넓고도 넓은 천하를 공자는

어찌하여 작다고 했는가?

아아, 공자의 높고 넓은 저 경지를

어찌하면 알 수 있겠는가?

오르지 못해 내려가는 것이 무엇이 이상하랴?

원통골의 좁은 길로 사자봉을 찾아가니,

그 앞의 넓은 바위가 화룡소(연못)가 되었구나.

마치 천 년 묵은 늙은 용이 굽이굽이 서려 있는 것 같이

화룡소 물이 밤낮으로 흘러내려

넓은 바다까지 이어 있으니,

(저 용은) 비구름을 언제 얻어

흡족한 비를 내리려 하느냐?

그늘진 벼랑에 시든 풀(굶주린 백성들)들을

다 살려 내려무나.

마하연, 묘길상, 안문재를 넘어 내려가

썩은 외나무 다리를 건너 불정대에 오르니,

(조물주가) 천 길이나 되는 절벽을

하늘 가운데 세워 두고

은하수 큰 굽이를 마디마디 잘라내어

실처럼 풀어서 베같이 걸어 놓았으니,

그림책에는 열두 굽이로 그려졌으나

내가 보기에는 그보다 더 많아 보인다.

이태백이 지금 있어서 다시 의논하게 되면,

중국의 여산 폭포가 십이 폭포보다

아름답다는 말은 못 할 것이다.

내금강 산중의 경치만 항상 보겠는가?

이제는 동해로 가자꾸나.

뚜껑 없는 가마를 타고 천천히 걸어서 산영루에 오르니,

눈부시게 반짝이는 푸른 시냇물과 갖가지 소리로

우짖는 새는 나와의 이별을 원망하는 듯하다.
깃발을 휘날리니 오색 빛깔 넘나들며 노니는 듯 하고,
북과 피리를 섞어 부니
바다의 구름이 다 걷히는 것 같다.
백사장 길에 익숙한 말이 취한 신선을 비스듬히 태우고
바다를 곁에 끼고 해당화 핀 꽃밭으로 들어가니,
갈매기야 날지 마라,
내가 네 친구인 줄 어찌 알고 날아가느냐?

금난굴을 돌아들어서 총석정에 올라가니,
옥황상제가 사는 백옥루의 기둥 네 개만 서 있는 듯
아름답구나.
중국의 명장 공수가 만든 작품인가,
조화를 부리는 귀신의 도끼로 다듬었는가?
굳이 육면으로 된 돌기둥은 무엇을 본떴는가?

고성을 저만큼 두고 삼일포를 찾아가니,

(신라의 국선이었던 영랑의 무리가 남석으로 갔다는)

붉은 글씨는 뚜렷한데, (이 글을 쓴) 사선(영랑, 남랑, 술

랑, 안상)은 어디로 갔는가?

여기서 사흘 동안 머무른 뒤에

어디 가서 또 머물렀던고?

선유담, 영랑호 거기에 가 있는가?

청간정, 만경대 등 몇 군데에 앉아서 놀았던가?

배꽃은 벌써 지고 소쩍새가 슬피 울 때에,

낙산사 동쪽 언덕길을 따라 의상대에 올라 앉아,

해돋이를 보려고 한밤중에 일어나니,

상서로운 구름이 뭉게뭉게 피어나는 듯,

여섯 마리 용이 해를 떠받치는 듯,

(해가) 바다에서 솟아오를 때에는

온 세상이 일렁이는 듯하더니,

하늘에 치솟아 뜨니 가는 털도 셀 수 있을 만큼 밝도다.
행여나 지나가는 구름이 해 근처에 머무를까 두렵구
나.(간신의 무리가 임금의 총명을 가릴까 두렵다.)

이태백은 어디 가고 그가 지은 시구만 남았느냐?
세상이 놀랄 소식이 자세히도 표현되었구나.

비스듬히 들어오는 저녁 노을이
현산의 철쭉꽃을 잇달아 밟아,
신선이 타는 수레를 타고 경포로 내려가니,
십 리나 뻗어 있는 얼음같이 흰 비단을
다리고 다시 다린 것 같은
맑고 잔잔한 호수물이 큰 소나무 숲에 둘러싸여
한껏 펼쳐져 있으니,
물결이 잔잔하여
물속의 모래알까지도 헤아릴 정도로구나.

한 척의 배를 띄워 (호수 가운데)정자 위에서 올라가니,

강문교 넘은 곁에 동해가 거기로구나.

조용하구나 이 (경포의)기상이여,

넓고 아득하구나 저 (동해의) 경계여,

경포호수보다 아름다운 경치를 갖춘 곳이

또 어디 있단 말인가?

고려 우왕 때 박신과 홍장의 사랑이야기가

야단스럽다 하리로다.

강릉 대도호부의 풍속이 좋기도 하구나.

충신, 효자, 열녀를 표창하기 위하여 세운 정문이

동네마다 널렸으니,

쭈욱 늘어선 집마다 벼슬을 줄 만하다는

요순 시절의 태평성대가 여기 지금 있다고 하겠도다.

진주관(삼척) 죽서루 아래 오십천에서 흘러내리는 물이

태백산 그림자를 동해까지 담아 가니,

차라리 (그 물줄기를) 임금 계신 한강의 남산에

닿게 하고 싶구나.

관리의 여정은 유한하고, 풍경은 싫지 않으니,

그윽한 회포가 많기도 많고

나그네의 시름도 달랠 길 없구나.

신선이 타는 뗏목을 띄워 내어

북두칠성과 견우성으로 향해 버릴까?

사선을 찾으러 단혈에 머무를까?

하늘 끝을 끝내 못 보고 망양정에 오르니,

(수평선 멀리) 바다 밖은 하늘인데 하늘 밖은 무엇인가?

가뜩이나 성난 고래(파도)를 누가 놀라게 하기에,

(물을) 불거니 뿜거니 하면서 어지럽게 구는 것인가?

은산(흰물결)을 꺾어내어 온 세상에 흩뿌려 내리는 듯,

오월 드높은 하늘에 백설(물보라)은 무슨 일인가?

잠깐 사이에 밤이 되어 바람과 파도가 가라앉기에,

해와 달이 뜬다는 동쪽 바다에서 밝은 달을 기다리니,

상서로운 달빛이

구름 사이로 보이는 듯하다가 숨는구나.

구슬을 꿰어 만든 발을 걷어 올리고

옥 같은 섬돌을 다시 쓸며

샛별이 돋아오를 때까지 꼿꼿이 앉아 바라보니,

흰 연꽃 같은 달덩이를 누가 보내셨는가?

이렇게 아름다운 세상을 남들에게 보이고 싶구나.

신선주를 가득 부어 달에게 묻는 말이,

'옛날의 영웅은 어디 갔으며, 신라 때 사선은 누구더냐?'

아무나 만나 보아

영웅과 사선의 옛 소식을 묻고자 하니,

신선이 있다는 동해로 갈 길이 멀기도 하구나.

소나무 뿌리를 베고 누워 선잠이 얼핏 들었는데,

꿈속에서 한 사람이 나에게 이르는 말이,

"그대를 내가 모르랴? 그대는 하늘나라의 신선이라.
황정경 한 글자를 어찌 잘못 읽고
인간 세상에 내려와서 우리를 따르는가?
잠깐만 가지 마오, 이 술 한 잔 먹어 보오"
북두칠성 같은 국자를 기울여
동해 바닷물 같은 술을 부어 내며
저 한잔 먹고 나에게도 먹이거늘 서너 잔을 기울이니,
봄바람이 산들산들 불어 양 겨드랑이를 추켜올리니,
아득한 하늘도 웬만하면 날 것 같은 기분이구나.
"이 술 가져다가 온 세상에 고루 나누어
온 백성을 다 취하게 만든 후에,
그때에야 다시 만나 또 한 잔 합시다."
말이 끝나자 신선은 학을 타고
아득한 하늘로 올라가니,
공중에서 들려오는 옥피리 소리가
어제던가 그제던가 어렴풋하구나.

나도 잠을 깨어 바다를 굽어보니,

깊이를 모르는데 하물며 끝인들 어찌 알리.

밝은 달빛이 온 세상에 아니 비친 곳이 없다.

정철 조선 중기 때의 문신이자 문인으로 우리나라 가사문학의 대가이다. 《관동별곡》, 《사미인곡》, 《속미인곡》, 《성산별곡》 등 4편의 가사 이외에도 1백여 수 이상의 시조를 지었다.

관동별곡(關東別曲)

江강湖호애 病병이 깁퍼 竹듁林님의 누엇더니,

關관東동 八팔百빅 里니에 方방面면을 맛디시니,

어와 聖셩恩은이야 가디록 罔망極극ᄒ다.

延연秋츄門문 드리ᄃ라 慶경會회南남門문 ᄇ라보며,

下하直직고 믈너나니 玉옥節졀이 알픠셧다.

平평丘구驛역 ᄆᆯ을 ᄀ라 黑흑水슈로 도라드니,

蟾셤江강은 어듸메오, 雉티岳악이 여긔로다.

昭쇼陽양江강 ᄂᆞ린 믈이 어드러로 든단 말고.

孤고臣신 去거國국에 白빅髮발도 하도 할샤.

東동州쥐 밤 계오 새와 北븍寬관亭뎡의 올나ᄒᆞ니,

三삼角각山산 第뎨一일峯봉이 ᄒᆞ마면 뵈리로다.

弓궁王왕 大대闕궐 터희 烏오鵲쟉이 지지괴니,

千쳔古고 興흥亡망을 아ᄂ다, 몰ᄋᆞᄂ다.

淮회陽양 녜 일홈이 마초아 ᄀᆞ톨시고.

汲급長댱孺유 風풍彩치를 고텨 아니 볼 게이고.

營영中듕이 無무事ᄉᄒ고 時시節졀이 三삼月월인 제,

花화川쳔 시내길히 風풍岳악으로 버더 잇다.

行힝裝장을 다 썰티고 石셕逕경의 막대 디퍼,

百빅川쳔洞동 겨틔 두고 萬만瀑폭洞동 드러가니,

銀은 ᄀ툰 무지개, 玉옥 ᄀ툰 龍룡의 초리,

섯돌며 쏨ᄂᆞ 소릭 十십里리의 ᄌᆞ자시니,

들을 제ᄂᆞ 우레러니 보니ᄂᆞ 눈이로다.

金금剛강臺ᄃᆡ 믠 우層층의 仙션鶴학이 삿기 치니,

春츈風풍 玉옥笛뎍聲셩의 첫줌을 ᄭᅵ돗 던디,

縞호衣의玄현裳샹이 半반空공의 소소 ᄯᅳ니,

西셔湖호 녯 主쥬人인을 반겨셔 넘노ᄂᆞ 둧.

小쇼香향爐노 大대香향爐노 눈 아래 구버보고,

正졍陽양寺ᄉ 眞진歇헐臺디 고텨 올나 안ᄌᆞ마리,
廬녀山산 眞진面면目목이 여긔야 다 뵈ᄂᆞ다.
어와, 造조化화翁옹이 헌ᄉᆞ토 헌ᄉᆞ할샤.
ᄂᆞᆯ거든 ᄯᅱ디 마나, 셧거든 솟디 마나.

芙부蓉용을 고잣ᄂᆞᆫ 둧, 白ᄇᆡᆨ玉옥을 믓것ᄂᆞᆫ 둧,
東동溟명을 박ᄎᆞᄂᆞᆫ 둧, 北북極극을 괴왓ᄂᆞᆫ 둧.
놉흘시고 望망高고臺디, 외로올샤 穴혈望망峰봉이
하ᄂᆞᆯ의 추미러 무ᄉᆞ 일을 ᄉᆞ로리라
千쳔萬만劫겁 디나ᄃᆞ록 구필 줄 모ᄅᆞᆫ다.
어와 너여이고, 너 ᄀᆞᆮᄐᆞ니 ᄯᅩ 잇ᄂᆞᆫ가.

開ᄀᆡ心심臺디 고텨 올나 衆듕香향城셩 ᄇᆞ라보며,
萬만二이千쳔峯봉을 歷녁歷녁히 혀여ᄒᆞ니
峰봉마다 믹쳐 잇고 긋마다 서린 긔운,
ᄆᆞᆰ거든 조티 마나, 조커든 ᄆᆞᆰ디 마나.

뎌 긔운 흐터 내야 人인傑걸을 ᄆᆞᆯ둘고쟈.

形형容용도 그지업고 體톄勢세도 하도 할샤.

天텬地디 삼기실 제 自ᄌ然연이 되연마ᄂᆞᆫ,

이제 와 보게 되니 有유情졍도 有유情졍ᄒᆞᆯ샤.

毗비盧로峰봉 上샹上샹頭두의 올나 보니 긔 뉘신고.

東동山산 泰태山산이 어ᄂᆞ야 놉돗던고.

魯노國국 조븐 줄도 우리ᄂᆞᆫ 모르거든,

넙거나 넙은 天텬下하 엇찌ᄒᆞ야 젹닷 말고.

어와, 뎌 디위ᄅᆞᆯ 어이ᄒᆞ면 알 거이고.

오ᄅᆞ디 못ᄒᆞ거니 ᄂᆞ려가미 고이ᄒᆞᆯ가.

圓원通통골 ᄀᆞᄂᆞ 길로 獅ᄉᆞ子ᄌ峰봉을 ᄎᆞ자가니,

그 알ᄑᆡ 너러바회 化화龍룡쇠 되어셰라.

千쳔年년 老노龍룡이 구비구비 서려 이셔,

晝듀夜야의 흘녀 내여 滄창海ᄒᆡ예 니어시니,

風풍雲운을 언제 어더 三삼日일雨우ᄅᆞᆯ 디련ᄂᆞᆫ다.

陰음崖애예 이온 플을 다 살와 내여스라.

磨마訶하衍연 妙묘吉길祥샹 雁안門문재 너머 디여,

외나모 써근 드리 佛블頂뎡臺디 올라하니,

千천尋심絶졀壁벽을 半반空공애 셰여 두고,

銀은河하水슈 한 구비룰 촌촌이 버혀 내여,

실フ티 플텨이셔 뵈フ티 거러시니,

圖도經경 열두 구비, 내 보매는 여러히라.

李니謫뎍仙션 이제 이셔 고텨 의논하게 되면,

廬녀山산이 여긔도곤 낫단 말 못 하려니.

山산中듕을 미양 보랴, 東동海히로 가쟈스라.

藍남輿여 緩완步보하야 山산映영樓누의 올나하니,

玲녕瓏농 碧벽溪계와 數수聲셩啼데鳥됴는

離니別별을 怨원하는 듯,

旌졍旗기를 썰티니 五오色색이 넘노는 듯,

鼓고角각을 섯부니 海히雲운이 다 것는 도.

鳴명沙사길 니근 물이 醉취仙션을 빗기 시러,

바다흘 겻틱 두고 海히棠당花화로 드러가니,

白빅鷗구야 나디 마라, 네 버딘 줄 엇디 아는.

金금蘭난窟굴 도라드러 叢총石셕亭뎡 올나하니,

白빅 玉옥樓누 남은 기동 다만 네히 셔 잇고야.

工공垂슈의 셩녕인가, 鬼귀斧부로 다드문가.

구투야 六뉵面면은 므어슬 象샹톳던고.

高고城셩을란 뎌만 두고 三삼日일浦포롤 ᄎ자가니,

丹단書셔는 宛완然연ᄒ되 四ᄉ·仙션은 어딕 가니,

예 사흘 머믄 後후의 어딕 가 또 머믈고.

仙션遊유潭담 永영郎낭湖호 거긔나 가 잇는가.

淸쳥澗간亭뎡 萬만景경臺디 몃 고디 안돗던고.

梨니花화는 불셔 디고 졉동새 슬피 울 제,

洛낙山산 東동畔반으로 義의相샹臺디예 올라 안자,

日일出츌을 보리라 밤듕만 니러ᄒᆞ니,

祥샹雲운이 집픠ᄂᆞᆫ 동 六뉵龍뇽이 바퇴ᄂᆞᆫ 동

바다히 ᄲᅥ날 제ᄂᆞᆫ 萬만國국이 일위더니,

天텬中듕의 티ᄯᅳ니 毫호髮발을 혜리로다.

아마도 녈구름 근쳐의 머믈셰라.

詩시仙션은 어ᄃᆡ 가고 咳ᄒᆡ唾타만 나맛ᄂᆞ니,

天텬地디間간 壯장ᄒᆞᆫ 긔별 ᄌᆞ셔히도 ᄒᆞᆯ셔이고.

斜샤陽양 峴현山산의 躑텩躅튝을 므니발와

羽우蓋개芝지輪륜이 鏡경浦포로 ᄂᆞ려가니,

十십里리 氷빙紈환을 다리고 고텨 다려,

長댱松숑 울흔 소개 슬ᄏᆞ장 펴뎌시니,

믈결도 자도 잘샤 모래를 혜리로다.

孤고舟쥬 解ᄒᆡ纜람ᄒᆞ야 亭뎡子ᄌ 우희 올나가니,

江강門문橋교 너믄 겨틱 大대洋양이 거긔로다.

從둉容용ᄒᆞ다 이 氣긔像샹, 闊활遠원ᄒᆞ댜 뎌 境경界계,

이도곤 ᄀᆞ준 ᄃᆡ ᄯᅩ 어듸 잇단 말고.

紅홍粧장 古고事ᄉᆞᆯ 헌ᄉᆞ타 ᄒᆞ리로다.

江강陵능 大대都도護호 風풍俗쇽이 됴흘시고,

節졀孝효旌졍門문이 골골이 버러시니,

比비屋옥可가封봉이 이제도 잇다 ᄒᆞᆯ다.

眞진珠쥬館관 竹듁西셔樓루 五오十십川쳔 ᄂᆞ린 믈이

太태白ᄇᆡᆨ山산 그림재ᄅᆞᆯ 東동海ᄒᆡ로 다마 가니,

ᄎᆞᆯ하리 漢한江강의 木목覓멱의 다히고져.

王왕程뎡이 有유限ᄒᆞᆫ고 風풍景경이 못 슬믜니,

幽유懷회도 하도 할샤, 客긱愁수도 둘 듸 업다.

仙션사ᄉᆞᆯ 씌워 내여 斗두牛우로 向향ᄒᆞᆯ가,

仙션人인을 ᄎᆞᄌᆞ려 丹단穴혈의 머므살가.

天텬根근을 못내 보와 望망洋양亭뎡의 올은 말이,

바다 밧근 하늘이니 하늘 밧근 무서신고.

곳득 노혼 고래, 뉘라셔 놀내관디,

블거니 쏨거니 어즈러이 구난디고.

銀은山산을 것거 내여 六뉵合합의 ᄂᆞ리난 둣,

五오月월 長댱天텬의 白ᄇᆡᆨ雪셜은 므ᄉ 일고.

져근덧 밤이 드러 風풍浪낭이 定뎡ᄒᆞ거늘,

扶부桑상 咫지尺쳑의 明명月월을 기ᄃᆞ리니,

瑞셔光광 千쳔丈댱이 뵈난 듯 숨난고야.

珠쥬簾렴을 고텨 것고, 玉옥階계ᄅᆞᆯ 다시 쓸며,

啓계明명星셩 돗도록 곳초 안자 ᄇᆞ라보니,

白ᄇᆡᆨ蓮년花화 혼 가지ᄅᆞᆯ 뉘라셔 보내신고.

일이 됴흔 世세界계 ᄂᆞᆷ대되 다 뵈고져.

流뉴霞하酒쥬ᄅᆞᆯ ᄀᆞ득 부어 ᄃᆞᆯᄃᆞ려 무론 말이,

英영雄웅은 어디 가며, 四ᄉᆞ仙션은 긔 뉘러니,

아ᄆᆞ나 맛나 보아 녯 긔별 뭇쟈 하니,

仙션山산 東동海히예 갈 길히 머도 멀샤.

松숑根근을 베여 누어 픗줌을 얼픗 드니,

숨애 흔 사룸이 날다려 닐온 말이,

그디룰 내 모르랴, 上샹界계예 眞진仙션이라.

黃황庭뎡經경 一일字쭈룰 엇디 그룻 닐거 두고,

人인間간의 내려와셔 우리룰 쏠오눈다.

져근덧 가디 마오 이 술 흔 잔 머거 보오.

北븍斗두星셩 기우려 滄챵海히 水슈 부어 내여

저 먹고 날 머겨놀 서너 잔 거후로니,

和화風풍이 習습習습ᄒ야 兩냥腋익을 추혀 드니,

九구萬만里리 長댱空공애 져기면 눌리로다.

이 술 가져다가 四ㄴ海히예 고로 눈화,

億억萬만 蒼챵生싱을 다 醉취케 밍근 후의,

그제야 고텨 맛나 쏘 흔 잔 ᄒ잣고야.

말 디쟈 鶴학을 트고 九구空공의 올나가니,

空공中듕 玉옥簫쇼 소릭 어제런가 그제런가.

나도 줌을 끼여 바다흘 구버보니,

기픠룰 모르거니 궃인들 엇디 알리.

明명月월이 千천山산萬만落낙의 아니 비쵠 딕 업다.

'기행가사의 최고봉, 가사의 백미'

송강 정철은 〈관동별곡〉, 〈사미인곡〉, 〈속미인곡〉의 작가로 우리나라 가사문학을 대표하는 작가야. 우리 자연의 아름다운 모습을 중국의 고사와 인간의 세계에 녹여낸 최고의 걸작이 〈관동별곡〉이라고 할 수 있어. 기행가사이다 보니 시간의 흐름과 공간의 변화에 따라 추보식*으로 구성했어. 임금님을 향한 충성심과 백성을 위하는 애민사상, 속세를 초월하여 자연에 파묻혀 즐기며 노는 신선이 되고 싶은 도교 사상도 들어있는 작품이란다.

작가는 자신의 고향인 전라도 창평에서 편히 쉬고 있었는데 어느 날 임금이 강원도 관찰사라는 벼슬을 내렸어. 작가는 곧장 한양으로 가서 임금께 인사하고 말을 타고 여주와 원주를 거쳐 강원도로 간단다. 한편 가던 길에 머무르는 소양강, 회양, 철원에서는 임금님에 대한 충성과 백성을 위한 선정*의 포부를 다짐하고 흐르는 역사의 무상함도 느끼며 기행문의 분위기를 살려주고 있어.

이제 봄이 되어 계절이 참 좋은 어느 3월, 자신이 다스리는 강원도 지방의 평화로운 어느 날 간편한 행장을 하고 강원도 화천으로 나 있는 길을 따라 금강산으로 들어간단다. 만폭동, 금강대,

진헐대, 개심대, 화룡소, 마하연, 묘길상, 안문재를 넘어서 불정대, 12폭포를 거쳐 산영루를 지나 관동8경을 차례로 유람하는 이야기가 참 길게도 펼쳐져 있어.

작자는 각 요소마다 자연의 풍경에서 인간의 삶을 돌아보며 자신의 의지와 포부를 담고 있어. 만폭동 폭포에서는 은유와 직유를 동원하여 무지개처럼 아름답고 용의 꼬리처럼 역동적인 모습을 묘사하지만 금강대에서는 자신의 신선적 풍모를 과시하기도 해. 진헐대, 개심대에서는 봉우리의 모습을 통해 충절을 다짐하고 공자의 호연지기*를 흠모하지. 산에서는 사대부로서 선정의 포부와 임금님에 대한 연군의 정을 다짐하나 바다에 접어들면 작가는 공직자의 책임감에서 벗어나 자유롭게 쉬고 싶은 개인적인 감정에 사로잡혀 인간적인 모습을 보이기도 해.

자신을 신선에 비유하여 신선이 타는 가마(우게지륜)를 타고 동해로 들어온 작가는 금난굴을 돌아서 총석정의 네 기둥을 옥황상제가 사는 백옥루라고 표현했어. 삼일포에선 신라의 사선인 영랑, 남랑, 술상, 안상이 절벽 끝에 남긴 붉은 글씨를 보며 그들을 추모하고 의상대에 올라서는 일출을 바라보며 이태백이 남긴 시구절을 통해 임금의 총명을 가리는 간신의 무리를 염려하고 있어.

흰 비단을 십리나 펼쳐 놓은 듯한 경포호에서는 박신과 홍장의 야단스런 사랑 이야기를 맑고 잔잔한 호수에 대조하여 떠올리고 강릉에서는 착한 백성들이 즐비한 '비옥가봉'을 소개하며 자신의 선정을 은근히 과시하고 있구나. 진주관 죽서루에 흘러내리는 물을 임금님이 살고 있는 한양에 닿게 하고 싶은 마음으로 연군 지정을 한 번 더 확인하지만 관리의 책임과 편히 놀고 취하고 싶은 마음이 잠시 갈등하고 있단다. 그러나 밤이 되어 꿈에 신선과 만나 술을 한 잔 나눈 후 백성을 다 돌보고 다시 만날 것을 약속하며 헤어질 정도로 다시 마음의 평정을 이루어 잠에서 깨어 자세를 가다듬고 달을 보고 임금님의 은혜와 사랑이 세상 골고루 퍼지는 듯함을 느끼고 있어.

이처럼 〈관동별곡〉에서는 자연의 여러 모습을 통해 마음을 가다듬고 백성을 사랑하는 마음과 임금에 대한 충성, 선정에 대한 포부를 다짐하는 작가의 사상이 곳곳에 들어 있단다.

한 걸음 더

'천석고황(泉石膏)*', '연하고질(煙霞痼疾)*'처럼   가사문학에는 내용에 연관된 여러 고사성어들이 많이 들어 있어. 〈관동별곡〉에 나오는 여러 고사성어들을 찾아서 감상해 보자.

---

* 추보식 시간의 순서대로 시의 내용이 진행되는 것
* 선정 착하고 바르게 다스리는 정치
* 호연지기 사람의 마음에 차 있는 너르고 크고 올바른 기운
* 천석고황 산수를 즐기고 사랑하는 것이 정도에 지나쳐 마치 고치기 어려운 깊은 병과 같음을 이르는 말
* 연하고질 자연의 아름다운 경치를 몹시 사랑하고 즐기는 성격

사미인곡(思美人曲)

— 정철

원앙새 무늬가 든 비단을 베어 놓고
오색실을 풀어내어
금자로 재어서 님의 옷을 만들어 내니.
솜씨는 말할 것도 없거니와
격식도 갖추었구나.

사미인곡

이 몸이 태어날 때에 님을 따라 태어나니,

한평생 함께 살아 갈 인연임을 하늘이 모를 일이던가?

나는 젊어 있고 님은 오로지 나만을 사랑하시니,

이 마음과 이 사랑을 비교할 곳이 전혀 없다.

평생에 원하되 님과 함께 살아가려고 하였더니

늙어서야 무슨 일로 외따로 두고 그리워하는고?

엊그제는 님을 모시고 광한전(궁궐)에 올라 있었더니,

그 동안에 어찌하여 속세(창평)에 내려 왔느냐.

내려올 때에 빗은 머리가 헝클어진 지 3년일세.

연지와 분이 있네마는 누구를 위하여 곱게 단장할꼬?

마음에 맺힌 근심이 겹겹으로 쌓여 있어서
짓는 것이 한숨이요, 흐르는 것이 눈물이라.
인생은 끝이 있는데, 근심은 한이 없다.
무심한 세월은 물 흐르듯 흘러가는구나.
더웠다 서늘해졌다 하는 계절의 바뀜이
때를 알아 지나갔다가는 이내 다시 돌아오니,
듣거니 보거니 하는 가운데 느낄 일이 많기도 많구나.

봄바람이 문득 불어 쌓인 눈을 헤쳐 내니,
창 밖에 심은 매화가 두세 가지 피었구나.
가뜩이나 쌀쌀하고 담담한데,
그윽이 풍겨오는 향기는 무슨 일인고?
황혼에 달이 따라와 베갯머리에 비치니,
느껴 우는 듯, 반가워하는 듯하니,
(이달이 바로) 임이신가, 아니신가?
저 매화를 꺾어 내어 님 계신 곳에 보내고 싶다.

그러면 임이 너를 보고 어찌 생각하실꼬?

꽃잎이 지고 새 잎이 나니 녹음이 우거져
나무 그늘이 깔렸는데,
(님이 없어) 비단 포장은 쓸쓸히 걸렸고
수놓은 장막만이 드리워져 텅 비어 있다.
연꽃무늬가 있는 장막을 걷어 버리고,
공작을 수놓은 병풍을 둘러 두니,
가뜩이나 근심 걱정이 많은데,
날은 어찌 (그리도 지루하게) 길던고?
원앙새 무늬가 든 비단을 베어 놓고 오색실을 풀어내어
금자로 재어서 님의 옷을 만들어 내니,
솜씨는 말할 것도 없거니와 격식도 갖추었구나.
산호수로 만든 지게 위에 백옥으로 만든 함에
(그 옷을) 담아 얹어 두고
님에게 보내려고 님 계신 곳을 바라보니,

산인지 구름인지 험하기도 험하구나.

천만리나 되는 머나먼 길을 누가 찾아 갈꼬?

가거든 (이 함을) 열어 두고

나를 보신 듯이 반가워하실까?

하룻밤 사이 서리 내릴 무렵에

기러기가 울며 날아갈 때,

높은 누각에 혼자 올라서 수정 알로 만든 발을 걷으니,

동산에 달이 떠오르고 북극성이 보이므로,

임이신가 하여 반가워하니 눈물이 절로 난다.

저 맑은 달빛을 일으켜 내어

님이 계신 궁궐에 부쳐 보내고 싶다.

(임이시여 저 달빛을) 누각 위에 걸어 두고

온 세상에 다 비추어

깊은 산골짜기도 대낮같이 환하게 만드소서.

천지가 겨울 추위에 얼어 생기가 막혀,

흰 눈으로 덮여 있을 때

사람은 말할 것도 없거니와

날짐승도 날아다니지 않는다.

(따듯한 곳이라 하는) 소상강 남쪽(전남 창평)도

추위가 이와 같거늘,

하물며 북쪽 임 계신 곳이야 더욱 말해 무엇하랴.

따뜻한 봄기운을 (부채로) 부쳐내어

님 계신 곳에 쐬게 하고 싶다.

초가집 처마에 비친 따뜻한 햇볕을

님 계신 궁궐에 올리고 싶다.

붉은 치마를 여미어 입고 푸른 소매를 반쯤 걷어 올려,

해는 저물었는데 밋밋하고 길게 자란 대나무에 기대어

이것저것 생각함이 많기도 많구나.

짧은 겨울 해가 이내 넘어가고, 긴 밤을 꼿꼿이 앉아,

청사초롱을 걸어 둔 옆에

자개로 수놓은 공후를 놓아두고
꿈에나 님을 보려고 턱을 받치고 기대어 있으니,
원앙새를 수놓은 이불이 차기도 차구나.
(아 이렇게 홀로 외로이 지내는)이 밤은 언제나 샐꼬?

하루도 열두 때, 한 달도 서른 날,
잠시라도 님 생각을 말아서 이 시름을 잊으려 해도
마음속에 맺혀있어 뼈 속까지 사무쳤으니,
편작과 같은 명의가 열 명이 오더라도
이 병을 어떻게 하랴.
아, 내 병이야 님의 탓이로다.
차라리 죽어서 범나비 되리라.
꽃나무 가지마다 간 데 족족 앉고 다니다가
향기 묻은 날개로 님의 옷에 옮으리라.
임께서야 (그 범나비가) 나인 줄 모르셔도
나는 임을 따르려 하노라.

사미인곡(思美人曲)

이몸 삼기실 제 님을 조차 삼기시니
호싱 緣연分분이며 하놀 모롤 일이런가.
나 하나 졈어 잇고 님 하나 날 괴시니
이 므 음 이 ㅅ랑 견졸 딕 노여 업다.
平평生싱애 願원호요딕 호딕 녜자 호얏더니,
늙거야 무ㅅ 일로 외오 두고 글이눈고.
엊그제 님을 뫼셔 廣광寒한殿뎐의 올낫더니,
그 더딕 엇디호야 下하界계예 느려오니,
올 적의 비슨 머리 얼킈연디 三삼年년이라.
臙연脂지粉분 잇닉마눈 눌 위호야 고이 홀고.
므음의 믹친 설음 疊뎝疊뎝이 빠혀 이셔,
짓ᄂ니 한숨이오 디ᄂ니 눈믈이라.
人인心심은 有유限호딕 시룸도 그지 업다.
無무心심훈 歲셰月월은 믈 흐르듯 호눈고야.
炎염良냥이 째를 아라 가눈 듯 고텨 오니,
듯거니 보거니 늣길 일도 하도 홀샤.
東동風풍이 건 듯 부러 積적雪셜을 헤텨 내니

窓창 밧긔 심근 梅민花화 두 세 가지 피여셰라.

ᄀᆞᆺ득 冷냉淡담ᄒᆞᆫᄃᆡ 暗암香향은 므ᄉᆞ일고.

黃황昏혼의 둘이 조차 벼마틔 빗최니,

늣기ᄂᆞᆫ 듯 반기ᄂᆞᆫ 듯 님이신가 아니신가.

뎌 梅민花화 것거내여 님 겨신 ᄃᆡ 보내오져.

님이 너를 보고 엇더타 너기실고.

ᄭᅩᆺ 디고 새닙 나니 綠녹陰음이 ᄭᆯ렷ᄂᆞᆫᄃᆡ,

羅나幃위 寂적寞막ᄒᆞ고 繡슈幕막이 뷔여 잇다.

芙부蓉용을 거더 노코 孔공雀쟉을 둘러 두니,

ᄀᆞᆺ득 시름 한ᄃᆡ 날은 엇디 기돗던고.

鴛원鴦앙衾금 버혀 노코 五오色ᄉᆡᆨ線션 플텨내어

금자히 견화이셔 님의 옷 지어내니,

手슈品품은 ᄏᆞ니와 制졔度도도 ᄀᆞ줄시고,

珊산湖호樹슈 지게 우희 白ᄇᆡᆨ玉옥函함의 다마 두고,

님의게 보내오려 님 겨신 ᄃᆡ ᄇᆞ라보니,

山산인가 구름인가 머흐도 머흘시고.

千쳔里리 萬만里리 길흘 뉘라셔 츠자갈고.

니거든 여러 두고 날인가 반기실가.

ᄒᆞᄅᆞ밤 서리김의 기려기 우러 녤 제,

危위樓루에 혼자 올나 水수晶정簾념 거든 말이,

東동山산의 둘이 나고 北북極극의 별이 뵈니,

님이신가 반기니 눈믈이 절로 난다.

淸청光광을 쥐여내여 鳳봉凰황樓누의 븟티고져.

樓누 우희 거러 두고 八팔荒항의 다 비최여,

深심山산窮궁谷곡 졈낫ㄱ티 밍그쇼셔.

乾건坤곤이 閉폐塞쇡ᄒᆞ야 白빅雪셜이 ᄒᆞᆫ 빗친 제,

사룸은 ᄏᆞ니와 놀새도 긋쳐 잇다.

蕭쇼湘상 南남畔반도 치오미 이러커든

玉옥樓루高고處쳐야 더욱 닐너 므슴ᄒᆞ리.

陽양春츈을 부쳐내여 님 겨신 ᄃᆡ 쏘이고져.

茅모簷쳠 비쵄 ᄒᆡ룰 玉옥樓루의 올리고져.

紅홍裳샹을 니믜츠고 翠취袖슈룰 半반만 거더

日일暮모 脩슈竹듁의 헴가림도 하도 할샤.

댜룬 ᄒᆡ 수이 디여 긴 밤을 고초 안자,

靑청燈등 거른 겻ᄐᆡ 鈿뎐箜공篌후 노하 두고,

숨의나 님을 보려 퇵 밧고 비겨시니,

鴛앙衾금도 ᄎᆞ도 챨사 이 밤은 언제 샐고.

ᄒᆞᄅᆞ도 열두 ᄣᆡ, ᄒᆞᆫ 둘도 셜흔 날,

져근덧 성각 마라. 이 시룸 닛쟈 ᄒ니
ᄆᆞᆷ의 미쳐 이셔 骨골髓슈의 ᄢᅦ텨시니,
扁편鵲쟉이 열히 오나 이 병을 엇디ᄒ리.
어와 내 병이야 이 님의 타시로다.
ᄎᆞᆯ하리 싀어디여 범나븨 되오리라.
곳 나모 가지마다 간 ᄃᆡ 죡죡 안니다가,
향 므든 날애로 님의 오시 올므리라.
님이야 날인줄 모ᄅᆞ샤도 내 님 조ᄎᆞ려 ᄒ노라.

'사랑하는 임을 그리워하는 여인의 목소리'

이 작품은 정철이 관직에서 물러나 전라도 창평에서 은거할 때 지었는데 임금을 그리는 초조하고 안타까운 심정을 이별한 임을 그리워하는 여인의 심정으로 읊은 연군가사란다. 임금을 임으로 신하를 임의 사랑을 받지 못하는 여인으로 설정하여 유배되어 외로운 처지로 밀려난 신하가 변함없는 충정을 다짐하는 노래지.

총 63절 126구로 되어 있으며 서사, 본사. 결사의 3단 구성이야. 서사에서는 임과의 깊은 인연을 소개하며 함께 지내던 궁전을 달나라의 궁전인 '광한전'에 비유하고 임과 헤어져 있는 지금은 '하계'로 표현하고 있어. 하늘에서 땅으로 내려올 때 빗은 머리가 헝클어진 지 3년이 되었는데도 다시 빗지 않고 연지분이 있어도 쳐다봐 줄 임이 없어서 곱게 단장하는 것도 포기했어. 임과 헤어져 느끼는 그리움과 속절없이 흘러가는 세월에 대한 덧없음을 안타깝게 여기고 있어.

본사는 봄, 여름, 가을, 겨울로 나뉘어 있는데 첫 부분인 춘원(春怨)에서는 이른 봄의 추위를 견디고 깨어난 매화를 소재로 하여 자신의 변함없는 충성심을 임에게 알리고 싶은 마음을 시각과 후각, 기쁨과 슬픔을 조화롭게 뒤섞어 한 폭의 그림을 연상시키게 해.

둘째 부분인 하원(夏怨)에서는 옷을 소재로 하여 임에 대한 사랑을 '금자, 산호슈지게, 백옥함' 등의 미화법을 써서 정성의 극진함을 드러내고 있어. 그러나 산과 구름에 가려 천리만리 먼 길에 있어 알 길 없는 임의 소식에 막막한 심정도 표현하고 있지.

추원(秋怨)에서는 '돌, 북극의 별, 졈낫' 등으로 백성을 위한 임금의 선정을 바라는 마음을 나타내었고 동원(冬怨)에서는 추운 겨울에 남쪽의 따뜻한 햇볕을 임에게 보내고 싶지만 임을 볼 수 없는 외로움으로 해가 저물 무렵 긴 대나무에 기대어 한숨을 쉬고 있구나.

마지막의 결사에서는 그 어떤 유명한 의원이 오더라도 임에 대한 그리움으로 병든 자신을 고칠 수 없을 것이라 하며 차라리 죽어서 범나비가 되어 임의 곁에 가서 머물고 싶다고 절절한 사랑을 전한단다.

〈사미인곡〉은 한글 창제 후에 탄생한 우리 문학으로 우리말의 고유미를 잘 살리고 내용 또한 전통미를 이어가는 훌륭한 작품이야. 우리 고전시가에서 임금을 사랑하는 임으로 설정하는 방식은 '내가 임을 그리워하며 울고 지내는데~'로 시작하는 고려가요 〈정과정〉에서 맥을 잇고 있으며 존재하지 않는, 곁에 없는 임인 데도 끊임없이 사랑을 보여 주고 있는 전통적인 여인의 자기희생적인 모습은 〈가시리〉, 〈동동〉등에서 찾아볼 수 있었지. 또한 계절의 변화에 따라 자연에 작가의 심정을 대응하여 표현하는 기법은 고려가요 〈동동〉과 허난설헌의 가사 〈규원가〉에도 나타나는 것으로 우리 고전시가에 자주 나타나는 전통적인 방법이란다.

한 걸음 더

작가가 사대부 남성임에도 불구하고 여성의 섬세한 손길과 마음으로 임에 대한 절절한 사랑을 표현한 〈사미인곡〉이 임금과 신하의 노래가 아니라 실제로 남녀 간의 사랑이었다면 어떤 상황이었을지 생각해 보고 두 상황을 비교해 보자.

속미인곡(續美人曲)

– 정철

각시님, 달이 되지 말고
궂은비나 되십시오.

속미인곡

저기 가는 저 부인 (어디선가) 본 듯도 하구나.
임금님이 계시는 대궐을 어찌하여 이별하고,
해가 다 저문 날에 누구를 만나러 가시는가?

아아, 너로구나. 내 이야기 좀 들어 보오.
내 모습과 행동이 임에게 사랑을 받을 만한지 몰라도
어찌된 일인지 나를 보시고
'너로구나'며 각별히 여겨 주셔서
나도 임을 믿어 별다른 생각이 전혀 없이
응석과 아양을 부리며 어지럽게 굴었는데

(어느 날) 반기시는 얼굴빛이 어찌하여 달라졌는가?

누워 생각하고 일어나 앉아 또 생각하니

내 몸의 지은 죄가 산처럼 쌓였으니

하늘을 원망하며 사람을 탓하랴

서러워 여러 일을 풀어서 생각하니,

모두가 운명의 탓이로구나.

그렇게는 생각하지 마오.

내 마음 속에 맺힌 일이 있습니다.

예전에 임을 모시어서 임의 일을 내가 잘 알거니

물같이 연약한 몸이 편하실 때가 몇 날일까?

이른 봄날의 추위와 여름철의 무더위는

어떻게 지내시며

가을날과 겨울날은 누가 모셨는가?

자릿조반과 아침, 저녁 진지는

예전과 같이 잡수시는가?

기나긴 밤에 잠은 어떻게 주무시는가?

임 계신 곳의 소식을 어떻게라도 알려고 하니
오늘도 날이 거의 저물었구나.
내일이야(임의 소식 전해줄)사람이 올까?
내 마음 둘 곳이 없다. 어디로 가잔 말인가?
(나무와 바위를)잡기도 하고 밀기도 하면서
높은 산에 올라가니
구름은 물론 안개는 또 무슨 일로 끼어있는가.
산천이 어두운데 해와 달을 어찌 바라보며
눈앞의 가까운 곳도 모르는데
천 리나 되는 먼 곳을 바라볼 수 있으랴.
차라리 물가에 가서 뱃길이나 보려고 하니
바람과 물결로 어수선하게 되었구나.
뱃사공은 어디 가고 빈 배만 걸려 있는가?
강가에 혼자 서서 지는 해를 굽어보니

임 계신 곳 소식이 더욱 아득하구나.

초가집 찬 잠자리에 한밤중이 돌아오니
벽 가운데 걸려 있는 등불은
누구를 위하여 밝혀 놓았는가?
(산을)오르내리며 (강가를)헤매며 다니니
몸이 지쳐 풋잠을 잠깐 들었던지
정성이 지극하여 꿈에라도 임을 보니
옥같이 곱던 얼굴이 반도 넘게 늙어 있구나.
마음속에 품은 생각을 실컷 아뢰려 하니
눈물이 바로 쏟아져 말도 하지 못하고
정을 다 못 풀어 목까지 메었는데
방정맞은 닭 소리에 잠은 어찌 깬단 말인가?

아아, 허망한 일이로다. 이 임이 어디 갔는가?
잠결에 일어나 앉아 창을 열고 바라보니

가엾은 그림자만이 나를 따를 뿐이로다.
차라리 죽어서 지는 달이나 되어
임 계신 창 안에 환하게 비치리라.

각시님, 달이 되지 말고 궂은비나 되십시오.

속미인곡(續美人曲)

데 가는 뎌 각시 본 듯도 흔뎌이고.

텬샹(天上) 빅옥경(白玉京)을 엇디ᄒᆞ야 니별ᄒᆞ고,

ᄒᆡ 다 뎌 져믄 날의 눌을 보라 가시ᄂᆞᆫ고.

어와 네여이고 내 ᄉᆞ셜 드러 보오.

내 얼굴 이 거동이 님 괴얌즉 흔가마ᄂᆞᆫ

엇딘디 날 보시고 네로다 녀기실ᄉᆡ

나도 님을 미더 군ᄠᅳ디 전혀 업서

이릭야 교ᄐᆡ야 어ᄌᆞ러이 구돗쩐디

반기시ᄂᆞᆫ 낫비치 녜와 엇디 다ᄅᆞ신고.

누어 싱각ᄒᆞ고 니러 안자 혜여ᄒᆞ니

내 몸의 지은 죄 뫼ᄀᆞ티 싸혀시니

하ᄂᆞᆯ히라 원망ᄒᆞ며 사ᄅᆞᆷ이라 허믈ᄒᆞ랴

셜워 플텨 혜니 조믈(造物)의 타시로다.

글란 싱각 마오.

미친 일이 이셔이다.

님을 뫼셔 이셔 님의 일을 내 알거니

믈 ᄀᆞᄐᆞᆫ 얼굴이 편ᄒᆞ실 적 몃 날일고.

츈한고열(春寒苦熱)은 엇디ᄒᆞ야 디내시며

츄일동텬(秋日冬天)은 뉘라셔 뫼셧ᄂᆞᆫ고.

죽조반(粥早飯) 죠석(朝夕) 뫼 녜와 ᄀᆞᆺ티 셰시ᄂᆞᆫ가.

기나긴 밤의 ᄌᆞᆷ은 엇디 자시ᄂᆞᆫ고.

님다히 쇼식(消息)을 아므려나 아쟈 ᄒᆞ니

오ᄂᆞᆯ도 거의로다. ᄂᆡ일이나 사ᄅᆞᆷ 올가.

내 ᄆᆞᄋᆞᆷ 둘 ᄃᆡ 업다. 어드러로 가쟛 말고.

잡거니 밀거니 놉픈 뫼ᄒᆡ 올라가니

구롬은ᄏᆞ니와 안개ᄂᆞᆫ 므스일고.

산쳔(山川)이 어둡거니 일월(日月)을 엇디 보며

지쳑(咫尺)을 모르거든 쳔리(千里)ᄅᆞᆯ ᄇᆞ라보랴.

출하리 믈ᄀᆞᆺ의 가 ᄇᆡ 길히나 보쟈 ᄒᆞ니

ᄇᄅ람이야 믈결이야 어둥졍 된뎌이고.

샤공은 어디 가고 븬 ᄇᆡ만 걸렷ᄂᆞ니.

강텬(江天)의 혼쟈 셔셔 디ᄂᆞᆫ ᄒᆡ를 구버보니

님다히 쇼식(消息)이 더옥 아득ᄒᆞᆫ뎌이고.

모쳠(茅簷) 춘 자리의 밤듕만 도라오니

반벽쳥등(半壁靑燈)은 눌 위ᄒᆞ야 볼갓ᄂᆞᆫ고.

오르며 ᄂᆞ리며 헤쓰며 ᄇᆞ니니

져근덧 녁진(力盡)ᄒᆞ야 픗ᄌᆞᆷ을 잠간 드니

졍셩(精誠)이 지극ᄒᆞ야 ᄭᅮᆷ의 님을 보니

옥(玉) ᄀᆞ툰 얼굴이 반(半)이나마 늘거셰라.

ᄆᆞ음의 머근 말ᄉᆞᆷ 슬ᄏᆞ장 ᄉᆞᆲ쟈 ᄒᆞ니

눈믈이 바라 나니 말인들 어이 ᄒᆞ며

졍(情)을 못다ᄒᆞ야 목이조차 몌여ᄒᆞ니

오뎐된 계셩(鷄聲)의 ᄌᆞᆷ은 엇디 ᄭᆡ돗던고.

어와, 허ᄉ(虛事)로다. 이 님이 어디 간고.

결의 니러 안자 창(窓)을 열고 브라보니

어엿븐 그림재 날 조츨 샏이로다.

출하리 싀여디여 낙월(落月)이나 되야이셔

님 겨신 창(窓) 안히 번드시 비최리라.

각시님 둘이야국니와 구존 비나 되쇼셔

'궂은비가 되어 님 가는 곳마다 적시고 싶어라'

〈속미인곡〉은 사미인곡의 속편으로 자신의 잘못을 뉘우치며 임을 그리워하는 내용인데 작가가 유배되어 전남 창평에 머물고 있을 때 〈사미인곡〉과 같은 시기에 지었단다. 같은 시기 다른 가사에 비해 한자어가 훨씬 줄어들고 순우리말의 묘미를 더 잘 살렸다는 평가로 우리 가사문학에서 가장 뛰어난 작품으로 꼽혀.

서사·본사·결사의 3단 구성이며 두 선녀의 대화 형식으로 이야기를 전개하고 있어. 상대 여인(갑녀)이 하늘의 궁궐인 백옥경을 떠난 이유를 묻고 작가에 해당하는 여인(을녀)이 여기에 답하며 자신의 서러운 사연과 간절한 사모의 정을 하소연하는 형식으로 노래하고 있지.

갑녀가 해 저문 저녁에 어디론가 향하는 을녀를 보고 하늘의 궁궐을 두고 어디를 그리 가느냐고 물어보니 을녀가 임금님 곁을 떠나 있는 자신의 서러운 사연과 지금의 심정을 자세하게 들려줘. 임(임금)이 나를 믿고 사랑해주시기에 나도 임을 믿고 소신을 다해 임을 모셨는데 어느 날부터 나를 대하는 임의 낯빛이 달라졌다는 것은 간신의 모함으로 임의 신뢰를 잃게 되어 임과 헤어져 유배

를 당한 과정을 이야기하는 거야. 하지만 임과 헤어져 있는 지금
도 임의 식사와 건강은 누가 챙기며 추위, 더위는 어찌 보내는지
걱정하고 있어. 임금을 떠나온 자신의 처지를 천상에서 임을 모시
다가 지상으로 내려온 선녀의 신세에 빗대어 표현하다 보니 대궐
을 옥황상제가 계신다는 '백옥경'으로 그렸고 님을 그리는 여인의
심정으로 그리다 보니 '괴얌즉(사랑받음직)', '군쁘디(딴 생각이)', '녀기
실시(생각하시기에)', '어여쁜(가련한)' 등과 같이 감정을 나타내는 순
우리말을 많이 쓰고 있어.

마지막 결사에서 을녀가 현실에서 만날 수 없는 임이라면 '차
라리 죽어서 달이 되어 임이 계신 창가에 비치고 싶다'고 하니 여
기에 답하는 갑녀의 위로가 아주 걸작이야. 지는 달이 되지 말
고 '궂은비'가 되어서 잠시 비추는 달보다 더 오래 님의 곁에 머물
라고 해. 지는 달은 멀리서 임 계신 곳을 잠깐 비출 뿐이지만 궂
은비는 오랫동안 임의 옷깃을 적시며 가까이 있을 것이니 말이야.

한 걸음 더

〈사미인곡〉과 〈속미인곡〉에 나오는 미인(美人)은 임금이라고 해.
'미인'의 의미를 보다 여러 가지로 해석해 보고 의미를 확대해서
생각해 보면 어떨까?

규원가(閨怨歌)

– 허난설헌

시집 간 뒤에 남편 시중과 시집살이로
살얼음 디디는 듯하였다.

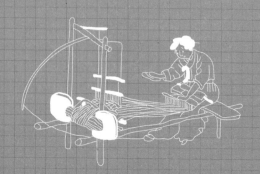

규원가

엊그제까지도 젊었더니 벌써 이렇게 다 늙어버렸는가.

어릴 적 즐겁게 지내던 일을 생각하니

말해봐야 헛되구나.

이렇게 늙은 뒤에 서러운 사연을 말하자니 목이 멘다.

부모님이 날 낳아 고생하여 이 내 몸을 길러 낼 때,

높은 벼슬아치의 짝은 바라지 않아도

군자의 좋은 짝이 되기를 원했는데,

전생의 원망스러운 업보요 부부의 인연으로,

장안(서울)의 호탕하면서도 경박한 사람을

꿈같이 만나서,

시집 간 뒤에 남편 시중과 시집살이로

살얼음 디디는 듯하였다.

열다섯, 열여섯 살을 겨우 지나

타고난 고운 모습이 절로 나타나니,

이 모습 이 태도로 평생을 약속하였더니,

세월이 빨리 지나가고 조물주마저 시기함이 많아서,

봄바람 가을 물(세월)이

베틀의 올에 북 지나가듯 쏜살같이 지나더니,

꽃같이 아름다운 얼굴 어디에 두고

보기 싫은 얼굴이 되었구나.

내 얼굴 내가 알거니 어느 임이 날 사랑할 것인가.

스스로 부끄럽거늘 누구를 원망하겠는가.

여러 사람이 떼 지어 다니는 기생집에

새 기생이 생겼단 말인가.

꽃 피고 날 저물 때 정처 없이 나가서,

호사스런 행장으로 어디어디 머물러 노는고.

(집안에만 있어서) 가깝고 먼 지리도 모르는데

소식이야 더욱 어찌 알랴.

겉으론 인연을 끊었다지만 생각이야 없을소냐.

얼굴을 못 보거든 그립지나 말지.

하루가 길고도 길고 한 달, 서른 날이 지루하다.

창문 밖에 심은 매화는 몇 번이나 피었다가 졌는가.

겨울밤 차고 찬 때 자국눈 섞어 내리고

여름날 길고 길 때 궂은비는 무슨 일로 내리는고.

봄날 온갖 꽃 피고 버들잎이 돋아나는 좋은 시절에

아름다운 경치를 보아도 아무 생각이 없다.

가을 달이 방에 들이 비추고 귀뚜라미 침상에서 울 때,

긴 한숨 떨어지는 눈물에 속절없이 생각만 많다.

아마도 모진 목숨 죽기조차 어렵구나.

돌이켜 풀어 생각하니 이렇게 살아서 어찌할 것인가?

청사초롱을 돌려놓고 푸른빛 거문고를 비스듬히 안아,

벽련화 한 곡조를 시름에 싸여 타니,

소상강 밤비에 대나무 소리가 섞여 들리는 듯,

(묘 앞에 세워 둔) 망주석에 천 년 만에 돌아온

이별의 학이 울고 다니는 듯,

아름다운 손으로 타는 솜씨는 옛 노래 그대로건만,

연꽃무늬 휘장을 친 방이 텅 비어 있으니

누구의 귀에 들릴 것인가.

마음속이 굽이굽이 끊어졌도다.

차라리 잠이 들어 꿈에나 님을 보려 하니

바람에 지는 잎과 풀 속에 우는 벌레는,

무슨 일로 원수라서 잠조차 깨우는가.

하늘의 견우직녀는 은하수가 막혔어도,

칠월 칠석 일 년에 한 번 때를 어기지 않고 만나는데,

우리 임 가신 후엔 무슨 장애물이 가리었기에

오고 가는 소식조차 끊겼는가.

난간에 기대어 서서 임 가신 데 바라보니,
풀에 이슬은 맺혀 있고 저녁 구름이 지나 갈 때,
대숲 우거진 푸른 곳에 새 소리가 더욱 서럽다.
세상에 서러운 사람 많다고 하려니와,
운명이 기구한 사람이야 나 같은 이 또 있을까.
아마도 이 임의 탓으로 살동말동 하여라.

허난설헌 조선 중기 때의 시인으로 남성 중심의 사회 속에서 여성 특유의 감성과 섬세한 감각을 시를 통해 표현해냈다. 《홍길동전》을 쓴 허균의 누나이다.

규원가(閨怨歌)

엇그제 졈엇더니 ᄒ마 어이 다 늘거니.

소년 행락(少年行樂)싱각ᄒ니 닐너도 쇽졀업다.

늘거야 셜운 말ᄉᆞᆷ ᄒ쟈 ᄒ니 목이 멘다.

부생모육(父生母育) 신고(辛苦)ᄒᆞ야 이 내 몸 길너낼 제

공후 배필(公侯配匹)은 못 ᄇ라도 군자호구(君子好逑)

원(願)ᄒ더니

삼생(三生)의 원업(怨業)이오 월하(月下)의 연분緣分으로

장안 유협長安遊俠 경박자輕薄子를 움ᄭᄂ치 맛나 이셔

당시當時에 용심用心ᄒ기 살어름 드듸ᄂᆞᆫ 듯.

삼오이팔(三五二八) 겨오 디나 천연여질天然麗質 절노이니

이 얼골 이 태도態度로 백년 기약百年期約 ᄒ얏더니

연광(年光)이 훌훌ᄒ고 조물造物이 다시(多猜)ᄒᆞ야

봄ᄇᆞ롬 ᄀᆞ을 믈이 뵈오리 북 디나듯.

설빈 화안(雪鬢 花顔) 어ᄃᆡ 두고 면목 가증(面目可憎) 되거고나.

내 얼골 내 보거니 어느 님이 날 괼소냐.

스스로 참괴(慚愧)하니 누구를 원망하랴.

삼삼오오(三三五五) 야유원(冶遊園)의 새 사룸이 나닷 말가.

곳 픠고 날 저물 제 정처定處 업시 나가 이셔

백마 금편(白馬 金鞭)으로 어듸 어듸 머므는고.

원근遠近을 모르거니 소식(消息)이야 더욱 알냐.

인연(因緣)을 긋처신들 싱각이야 업슬소냐.

얼굴을 못보거든 그립기나 마르려믄.

열두 째 김도 길샤 셜흔 날 지리(支離)하다.

옥창(玉窓)의 심근 매화 몃 번이나 픠여 딘고.

겨을 밤 ᄎ고 츤 제 자최눈 섯거 치고

녀름 날 길고 길 제 구즌 비는 므슴 일고.

삼춘화류(三春花柳) 호시절(好時節)의 경물(景物)이 시름업다.

ᄀᆞ을 둘 방의 들고 실솔(蟋蟀)이 상床의 울 제

긴 한숨 디는 눈물 쇽졀업시 혬만 만타.

아마도 모딘 목숨 죽기도 어려울사

도르혀 플려 혜니 이리흐야 어이흐리.

청등(靑燈)을 돌나 노코 녹기금(綠綺琴) 빗기 안아

벽련화(碧蓮花) 흔 곡조룰 시름조차 섯거 투니

소상 야우(瀟湘夜雨)의 댓소리 섯도는 듯,

화표(華表) 천년(千年)의 별학(別鶴)이 우니는 듯.

옥수(玉手)의 투는 수단(手段) 녯 소리 잇다마는

부용장(芙蓉帳) 적막(寂寞)ᄒ니 뉘 귀예 들리소니.

간장(肝腸)이 구곡(九曲)되야 구뷔구뷔 쓴쳐서라.

출하리 잠을 드러 꿈의나 보려 ᄒ니

ᄇ룸의 디는 닙과 풀 속의 우는 즘성

므스 일 원수로셔 잠조차 ᄭᅵ오는다.

천상天上의 견우직녀(牽牛織女) 은하수(銀河水) 막혀서도

칠월칠석(七月七夕) 일년일도(一年一度) 실기(失期)티 아니거든

우리 님 가신 후는 므슴 약수(弱水) ᄀ렷관대

오거나 가거나 소식(消息)조차 그첫는고.

난간(欄干)의 비겨 셔셔 님 가신 디 브라보니

초로(草露)는 믹쳐 잇고 모운(暮雲)이 디나갈 제

죽림(竹林) 푸른 고디 새 소릭 더옥 설다.

세상의 설운 사룸 수업다 ᄒ려니와

박명(薄命)ᄒ 홍안(紅顔)이야 날 ᄀᆺᄒ니 쏘 이실가.

아마도 이 님의 지위로 살동말동 ᄒ여라.

'왜 하필 조선의 여자로 태어났는가!'

〈규원가〉는 제목에서 알 수 있듯이 여인의 한과 그리움이 서려 있는 작품이야. 몇 년째 소식마저 끊긴 채 밖으로만 떠도는 남편을 그리움과 원망 속에서 기다리는 여인의 불행과 슬픔, 체념을 그리고 있단다. '뵈오리 북 디나듯'이라는 표현에서 보듯 어느새 젊음이 시들고 빠르게 지나는 세월에 의해 늙어가는 자신의 모습을 한탄하고도 있어. '아마도 이 님의 지위로 살동말동 ㅎ여라.' 하는 낙구는 임에 대한 비난인 동시에 가부장적인 문화에 대한 비판까지 담고 있다고 볼 수 있단다.

허난설헌은 당시의 아녀자답지 않게 집안일보다는 독서와 글짓기를 더 즐기다 보니 남편이나 시댁과 갈등을 겪었어. 남편보다 더 똑똑했던 난설헌은 외면받을 수밖에 없었지. 당시의 일반적인 규방가사는 당대의 유교적 윤리를 따르는 내용이 대부분이었는데 〈규원가〉는 봉건사회에서의 여성의 한과 신세 한탄을 넘어서 남편을 원망하는 내용을 포함하고 있으니 다른 양반이나 부녀자들 입장에서는 이 작품이 곱게 안 보였을 거야.

서사에서 화자는 어린 시절을 회상하며 과거의 즐거웠던 시절과 현재의 외로운 처지를 대비시키면서 그 세월 속에 늙어버린 자신의 모습을 한탄하고 있단다. 본사에서는 곱고 아름답던 젊은 시절과 결혼에 대한 회상이 현재의 처지와 대비되어 표현되고 '봄바람 가을 물이 뵈오리 북 지나듯' 눈 깜짝할 사이에 흘러가버린 세월과 현재의 늙어버린 모습에 대한 신세 한탄을 하고 있어.

　기생집에서 돌아오지 않는 남편을 원망하다가 각 계절마다 느끼는 남편에 대한 그리움도 담고 있구나. 겨울에는 추운 날에 눈까지 섞어치니 외로운 심정이 더 어수선하고, 봄에는 창가의 매화가 몇 번이나 피고 져도 임의 소식을 알 수 없음으로 남편을 몇 년 째 못 만나고 있는 안타까운 현실을 말하고 있구나. 여름날에는 길고 길게 내리는 궂은비를 통해 서러운 심정을 나타내었고 가을밤에는 거문고를 타면서 서럽게 우는 귀뚜라미에 자신의 감정을 이입하고 있구나.

한 걸음 더

　허난설헌의 생애를 알아보고 그녀의 불행한 삶과 작품의 연관성, 시대 상황을 함께 생각해 보면 어떨까?

누항사 (陋巷詞)

– 박인로

아까운 저 쟁기는 쟁기의 날도 좋구나.
(소만 있다면) 가시 엉킨 묵은 밭도
쉽게 갈 수 있으련만,

누항사

어리석고 세상 물정에 어두운 것은

나보다 더한 이가 없다.

모든 운명을 하늘에 맡겨 두고

누추한 깊은 곳에 초가를 지어 놓고

아침 저녁 비바람에 썩은 짚이 땔감이 되어

세 홉 밥 닷 홉 죽(초라한 음식)에

연기가 많기도 많구나.

설 데운 숭늉으로 빈 배를 속일 뿐이로다.

생활이 이러하다고 장부가 품은 뜻을 바꿀 것인가?

가난하지만 편안하여 근심하지 않는

한결같은 마음을 적을망정 품고 있어서,
옳은 일을 좇아 살려 하니 날이 갈수록
뜻대로 되지 않는다.

가을에도 부족한데 봄이라고 여유가 있겠으며,
주머니가 비었는데 술병에 술이 담겨 있으랴.
가난한 인생이 이 세상에 나뿐이랴.
배고픔과 추위가 몸을 괴롭힌다고 한들
한 가닥 굳은 마음을 잊을 것인가?
의에 분발하여 제 몸을 잊고 죽어야
그만두리라 생각한다.
전대와 망태에 한 줌 한 줌 모아 넣고,
임진왜란 5년 동안에 용감하게 죽고 말리라는
마음을 가지고 있어
주검을 밟고 피를 건너는 혈전을 몇 백번이나 치렀던가.

내 몸이 겨를이 있어서 집안을 돌보겠는가?

늙은 종은 종과 주인간의 분수를 잊어버렸는데,

하물며 나에게 봄이 왔다고 일러 줄 것을

어떻게 기대할 수 있겠는가?

밭 갈기를 종에게 묻고자 한들 누구에게 물을 것인가?

몸소 농사를 짓는 것이 나의 분수에

맞는 줄을 알겠도다.

잡초 많은 들에서 밭 갈던 늙은이와 밭두둑 위에서

밭 갈던 늙은이를 천하다고 할 사람이 없지마는,

아무리 갈려고 한들 어느 소로 갈겠는가?

가뭄이 몹시 심하여 농사철이 다 늦은 때에,

서쪽 두둑 높은 논에 잠깐 지나가는 비에,

길 위에 흘러내리는 근원 없는 물을 반쯤 대어 놓고는,

'소 한번 빌려 주마.' 하고 엉성하게 하는 말을 듣고,

친절하다고 여긴 집에 달도 없는 저녁에

허둥지둥 달려가서,

굳게 닫은 문 밖에 멀찍이 혼자 서서

큰기침 '에헴'소리를 꽤 오래도록 한 뒤에,

"어, 거기 누구신가?" 하고 묻는 말에

"염치없는 저올시다"

하고 대답하니

"초경도 거의 지났는데 무슨 일로 와 계신고?"

"해마다 이러기가 구차한 줄 알지마는,

소 없는 궁핍한 집에서 걱정 많아 왔소이다."

"공짜로나 값을 치거나 간에 주었으면 좋겠지마는,

다만 어젯밤에 건넛집에 사는 사람이

목이 붉은 수꿩을 구슬 같은 기름이

끓어오르게 구워내고

갓 익은 삼해주를 취하도록 권하였는데,

이러한 고마움을 어찌 갚지 않겠는가?

내일 (소를 빌려) 주마하고 굳게 약속을 하였기에,

약속을 어기기가 편하지 못하니

(당신에게 빌려주겠다는) 말하기가 어렵구료."

사실이 그렇다면 설마 어쩌겠는가?

헌 갓을 숙여 쓰고 축 없는 짚신을 신고

맥없이 물러나오니

풍채 적은 내 모습에 개가 짖을 뿐이로다.

작고 누추한 집에 들어간들 잠이 와서 누워 있겠는가?

북쪽 창에 기대 앉아 새벽을 기다리니

무정한 오디새는 이 내 원한을 재촉하는구나.

아침이 끝날 때까지 서글퍼하며 먼 들을 바라보니,

즐거워 부르는 농부들의 노래도 흥 없이 들리는구나.

세상 물정 모르는 한숨은 그칠 줄을 모른다.

아까운 저 쟁기는 쟁기의 날도 좋구나.

(소만 있다면) 가시 엉킨 묵은 밭도

쉽게 갈 수 있으련만,

빈 집 벽 가운데에 쓸데없이 걸려 있구나!
봄갈이도 거의 다 지났다. (농사일은) 팽개쳐 던져두자.

자연을 벗 삼아 살겠다는 꿈을 꾼 지도 오래더니,
먹고 사는 것이 급하다보니, 아아 슬프게도 잊었도다.
저 물가를 보니 푸른 대나무가 많기도 하구나.
교양 있는 선비들아, 낚싯대 하나 빌려다오.
갈대꽃 깊은 곳에 밝은 달과 맑은 바람의 벗이 되어,
임자 없는 자연 속에서 근심 없이 늙으리라.
무심한 갈매기야, 너는 내게 오라 말라 하겠느냐?
다툴 이가 없는 것은 다만 이것뿐인가 여기노라.

보잘것없는 이 몸이 무슨 소원이 있으랴마는,
두세 이랑 밭과 논을 다 묵혀 던져두고,
있으면 죽이오, 없으면 굶을망정
남의 집, 남의 것은 전혀 부러워하지 않겠노라.

나의 가난을 싫게 여겨 손사래 친다고 물러나며

남의 부귀가 부러워 손짓을 한다고 오겠는가?

인간세상의 어느 일이 운명 밖에 생겼겠느냐?

가난하여도 원망하지 않는 것을 어렵다 하지마는,

내 삶이 이렇다 해서 서러운 뜻은 없노라.

한 덩이의 밥과 한 바가지 물을 마시는

어려운 생활이지만 이것도 만족하노라.

평생토록 따뜻하게 입고

배불리 먹는 데는 없노라.

태평스런 세상에 충성과 효도를 일로 삼아,

형제간에 화목하고 친구와 신의 있게 사귀는 일을

그르다 할 사람이 누가 있겠는가?

그 밖의 나머지 일이야 타고난 대로 살아가겠노라.

박인로 조선 중기 때의 무신 겸 시인이다. 벼슬에서 물러난 뒤에 고향 영천에서 은거
하며 많은 작품을 남겼고, 가사문학 발전에 크게 이바지하였다. 주요 작품으로 《노계
집》, 《태평사》 등이 있다.

누항사(陋巷詞)

어리고 우활(迂闊)홀산 이너 우히 더니 업다.

길흉화복(吉凶禍福)을 하날긔 부쳐 두고

누항(陋巷) 깊푼 곳의 초막(草幕)을 지어 두고

풍조우석(風朝雨夕)에 석은 딥히 셥히 되야

셔 홉 밥 닷 홉 죽(粥)에 연기(煙氣)도 하도 할샤.

설 데인 숙냉(熟冷)애 뷘 배 쇡일 쑨이로다.

생애 이러ᄒ다 장부(丈夫)ᄯᅳᆺ을 옴길넌가.

안빈 일념(安貧一念)을 젹을망정 품고 이셔

수의(隨宜)로 살려ᄒ니 날로조차 저어(齟齬)ᄒ다.

ᄀᆞ올히 부족(不足)거든 봄이라 유여(有餘)ᄒ며

주머니 뷔엿거든 병(甁)의라 담겨시랴.

빈곤(貧困)ᄒᆫ 인생(人生)이 천지간(天地間)의 나쑨이라.

기한(飢寒)이 절신(切身)하다 일단심(一丹心)을 이질눈가.

분의망신(奮義忘身)ᄒ야 죽어야 말녀 너겨

우탁우낭(于橐于囊)의 줌줌이 모아 녀코

병과(兵戈) 오재(五載)예 감사심(敢死心)을 가져 이셔

이시섭혈(履尸涉血)ᄒ야 몃 백전(百戰)을 지나연고.

일신(一身)이 여가(餘暇) 잇사 일가(一家)를 도라보랴.

일노장수(一奴長鬚)는 노주분(奴主分)을 이졋거든

고여춘급(告余春及)을 어느사이 싱각ᄒ리.

경단문로(耕當問奴)인돌 눌ᄃ려 물롤는고.

궁경가색(躬耕稼穡)이 닉 분(分)인 줄 알리로다.

신야경수(莘野耕叟)와 농상경옹(瓏上耕翁)을 천(賤)타 ᄒ리

업것마ᄂᆫ

아므려 갈고젼돌 어늬 쇼로 갈로손고.

한기태심(旱旣太甚)ᄒ야 시절(時節)이 다 느즌 제

서주(西疇) 놉흔 논애 잠산 긴 녈비예

도상(道上) 무원수(無源水)를 반만산 ᄃ혀 두고

쇼 ᄒ 젹 듀마 ᄒ고 엄섬이 ᄒᄂᆫ 말삼

친절(親切)호라 너긴 집의 달 업슨 황혼(黃昏)의 허위허위

다라가셔

구디 다둔 문(門) 밧긔 어득히 혼자 서셔

큰 기춤 아함이를 양구(良久)토록 ᄒ온 후(後)에

어화 긔 뉘신고 염치(廉恥) 업산 ᄂ옵노라.

초경(초경)도 거읜듸 긔 엇지 와 겨신고.

연년(年年)에 이러ᄒ기 구차(苟且)ᄒ 줄 알건만ᄂ

쇼 업산 궁가(窮家)애 혜염 만하 왓삽노라.

공ᄒ니나 갑시나 주엄즉도 ᄒ다마ᄂ

다만 어제 밤의 거넨 집 져 사람이

목 불근 수기치(雉)을 옥지읍(玉脂泣)게 ᄊ우어 ᄂ고

간 이근 삼해주(三亥酒)을 취(醉)토록 권(勸)ᄒ거든

이러ᄒ 은혜를 어이 아니 갑흘넌고.

내일(來日)로 주마 ᄒ고 큰 언약(言約)ᄒ야거든

실약(失約)이 미편(未便)ᄒ니 사셜이 어려왜라.

실위(實爲) 그러ᄒ면 혈마 어이홀고.

헌 면덕 수기 스고 측 업슨 집신에 설피설피 물러오니

풍채(風采) 저근 형용(形容)애 귀 즈칠 ᄲᅮᆫ이로다.

와실(蝸室)에 드러간들 잠이 와사 누어시랴.

북창(北窓)을 비겨 안자 ᄉᆡ벼ᄅᆞᆯ 기다리니

무정(無情)ᄒᆞᆫ 대승(戴勝)은 이ᄂᆡ 한(恨)을 도우ᄂᆞ다.

종조추장(終朝惆悵)ᄒᆞ며 먼 들흘 바라보니

즐기ᄂᆞᆫ 농가(農歌)도 흥(興) 업서 들리ᄂᆞ다.

세정(世情) 모른 한숨은 그칠 줄을 모르ᄂᆞ다.

아ᄉᆞ온 져 소뷔ᄂᆞᆫ 벗보님도 됴홀셰고.

가시 엉귄 묵은 밧도 용이(容易)케 갈련마ᄂᆞᆫ

허당반벽(虛堂半壁)에 슬듸업시 걸려고야.

춘경(春耕)도 거의거다 후리쳐 더뎌 두쟈.

강호(江湖) ᄒᆞᆫ ᄭᅮᆷ을 ᄭᅮ언 지도 오르러니

구복(口腹)이 위루(爲累)ᄒᆞ야 어지버 어져ᄯᅥ다.

첨피기욱(瞻彼淇燠)ᄒᆞᆫᄃᆡ 녹죽(綠竹)도 하도 할샤.

유비군자(有斐君子)들아 낙ᄃᆡ ᄒᆞ나 빌려ᄉᆞ라.

노화(蘆花) 깁픈 곳애 명월청풍(明月淸風) 벗이 되야

님지 업손 풍월강산(風月江山)애 절로 절로 늘그리라.

무심(無心)혼 백구(白鷗)야 오라 혹며 말라 혹랴

다토리 업슬손 다문 인가 너기로라.

무상(無狀)혼 이 몸애 무슨 지취(志趣) 이스리마는

두세 이렁 밧논을 다 무겨 더뎌 두고

이시면 죽(粥)이오 업시면 굴물망졍

남의 집 남의 거슨 전혀 부러 말럿노라

늬 빈천(貧賤) 슬히 너겨 손을 헤다 물너가며

남의 부귀(副貴) 불리 너겨 손을 치다 나아오랴.

인간(人間) 어늬 일이 명(命) 밧긔 삼겨시리

빈이무원(貧而無怨)을 어렵다 혹건마는

늬 생애 이러호되 설온 쯧은 업노왜라.

단사표음(簞食瓢飮)을 이도 족(足)히 너기로라.

평생(平生) 혼 쯧이 온포(溫飽)애는 업노왜라.

태평천하(太平天下)애 충효(忠孝)를 일을 삼아

화형제(和兄弟) 신붕우(信朋友) 외다 혹리 뉘 이시리.

그밧긔 남은 일이야 삼긴디로 살렷노라.

'소를 빌리러 갔다가 망신만 당하고 돌아오다'

'누항(陋巷)'이란 논어에 나오는 말인데 '가난한 삶 가운데서도 학문을 닦으며 도를 추구하는 즐거움을 누리는 공간'을 의미한단 다. 박인로의 나이 51세 되던 해에 관직을 사임하고 고향으로 돌 아와 생활하던 중 친구가 찾아와 시골 생활의 어려움을 묻자 이 에 대한 답으로 지은 가사라고 해. 임진왜란 이후 각박해진 현실 에서 양반 계층이 무너져 가고 있을 때, 양반으로서 사회적 역할 과 그것을 지킬 수 없는 경제력 사이의 갈등이 드러나고 중세 조 선의 지배 질서가 흔들리고 있음을 보여주는 작품이야.

가난이 주는 추위와 배고픔의 고통을 '썩은 짚으로 땔감을 하 여 연기가 자욱하고 덜 데운 숭늉으로 주린 배를 속이는' 표현으 로 전달하고 있구나. 하인들은 소임을 잊어 양반을 존중하지도 곁 에 있어 주지도 않으며 재산이 없어 더 이상 하인을 부릴 수도 없 는 상황에서 작자는 몸소 농사를 지어야겠다는 생각으로 이웃집 에 밭을 갈기 위한 소를 빌리러 갔지만 오히려 수모를 당하고 돌 아오게 돼. 요란하게 짖는 개소리에 헌 갓을 쓴 작은 체구의 자신 을 대비시키며 비참함과 부끄러움으로 잠을 이루지 못하고 체념

하지. 그래도 전쟁에 나서서 수많은 고비를 넘긴 선비답게 자연을 벗 삼아 가난해도 세상을 원망하지 않고 충효와 형제간의 우애, 친구간의 신의를 저버리지 않겠다는 다짐을 하고 있어. 자신이 겪고 있는 궁핍하고 누추한 현실과 선비의 안빈낙도 하는 삶 사이에서 일어나는 갈등이 솔직하게 표현되어 있구나.

〈누항사〉의 특징은 일상생활의 언어를 자유롭게 사용하여 생동감 있게 표현했다는 점이야. 가뭄 끝에 비가 내려 소를 빌리러 가서 그 집 대문 앞에서 멈칫거리며 헛기침을 하다가 궁색한 말을 겨우 꺼내어 펼치는 대화들, 수꿩을 맛있게 익히는 구체적인 방법 등이 세세하게 묘사되어 있잖아. 그래서 사대부 가사의 한계를 벗어나 조선 후기 가사의 새로운 방향을 제시했다고 평가받고 있단다.

한 걸음 더

〈누항사〉에 나오는 농촌의 생활 모습과 박지원의 〈양반전〉, 〈허생전〉 등을 통해서 알 수 있는 조선 후기 양반계급의 붕괴와 신분질서의 동요를 알아보자.

농가월령가(農家月令歌)

- 정학유

참깨 들깨를 수확한 후에
다소 이른 벼를 타작하고
담배나 녹두 등을 팔아서
아쉬운 대로 돈을 만들어라

농가월령가

정월령(正月令)

1월은 초봄이라 입춘, 우수 절기로다.

산 속 골짜기 얼음과 눈 남아 있으나,

넓은 들판 경치 변하기 시작하도다.

어와, 임금께서 백성 사랑하고 농사 중히 여겨,

진심으로 농사 권장하는 말씀 온 나라에 알리시니,

안타깝다 농부들이여, 아무리 순진한들

네 자신의 이익은 사양한다지만

임금님의 뜻까지 어기겠느냐?

밭과 논을 반반 나눠 일정하게 힘껏 농사지으라.

풍년과 흉년을 모두 예측하진 못 해도,

사람 정성 다 쏟으면 자연의 재앙 면하나니,

저마다 서로 권하여 게을리 굴지 마라.

일 년 계획 봄에 하니 모든 일을 미리 하라.

봄에 때 놓치면 그해 끝까지 모든 일이 낭패라.

농지와 농기구를 다스리고 소를 잘 먹이고 보살펴서,

재거름 재워 놓고 한쪽으로 실어내어 두고

보리밭 거름주기 새해 되기 전보다 힘써 하소.

늙으니 기운 없어 힘든 일 못하여도,

낮이면 이엉 엮고 밤이면 새끼 꼬아,

때맞추어 지붕 이니 큰 근심 덜었도다.

과일 나무 비늘껍질 벗겨 내어 가지 사이 돌 끼우기,

정월 초하루 날 밝기 전 시험 삼아 하여 보소.

며느리는 잊지 말고 송국주를 걸러라.

갖가지 꽃이 활짝 핀 봄에

꽃지짐을 안주 삼아 취해 보자.

정월 대보름날 달을 보면

그 해의 홍수와 가뭄 안다 하니,

늙은 농부의 경험으로 대강은 짐작하네.

정월 초하룻날 세배하는 것은 인정 넘치는 풍속이라.

새 옷을 차려입고 친척과 이웃을 서로 찾아

남녀노소 아이들까지 무리를 지어 다닐 적에,

와각거리고 버석거리는 새 옷의 소리와

울긋불긋한 색깔이 화려하다.

남자아이들 연을 띄우고 여자 애들은 널을 뛰고,

윷놀아 내기하기는 소년들의 놀이로다.

사당에 새해 인사드리니 떡국, 술, 과일이 제물이로다.

움파와 미나리를 무 싹에다 곁들이면,

보기에 새롭고 싱싱하니 오신채를 부러워하겠는가?

보름날 약밥을 지어 먹고 차례를 지내는 것은

신라 때의 풍속이라.

지난해에 캐어 말린 산나물을 삶아서 무쳐 내니

고기 맛과 바꾸겠는가?

귀 밝으라고 마시는 약술이며,

부스럼 삭으라고 먹는 생밤이라.

먼저 불러서 더위팔기와 달맞이 횃불놀이는,

옛날부터 전해오는 풍속이요 아이들 놀이이다.

팔월령(八月令)

음력 팔월 중추되니 백로, 추분 절기로다.

국자 모양 북두칠성 자루가 돌아 서쪽을 가리키니,

신선한 아침저녁 기운은 가을 모습이 뚜렷하구나

귀뚜라미 맑은 소리 집 벽 사이에서 들려오고.

아침에 안개 끼고 밤이면 이슬이 내려,

온갖 곡식 여물게 하고, 만물의 결실 서두르니,

들 구경을 하니 여름내 힘들여 일한 공이 드러나는구나.

여러 곡식 이삭피고 알이 영글어 고개 숙이고,

서풍에 익는 빛 누런 구름이 이는 듯하다.

눈같이 흰 목화송이, 산호같이 아름다운 고추 열매,

지붕에 널었으니 가을볕이 맑고 밝다.

안팎의 마당을 닦아 놓고 소쿠리와 망태기를 마련하소.

목화 따는 바구니에 수수 이삭과 콩가지도 담고,

나무꾼 돌아올 때 머루, 다래 같은 산과일도 따오리라.

뒷동산의 밤과 대추에 아이들은 신이 난다.

알밤을 모아 말려서 필요한 때에 쓸 수 있게 하소.

명주를 끊어 내어 가을볕에 표백하고,

남빛과 빨강으로 물을 들이니 청홍이 색색이로구나.

부모님 연세가 많으니 수의를 미리 준비하고,

그 나머지는 마르고 재어서 자녀의 혼수하세.

지붕 위의 익은 박은 살림살이 중요한 그릇이라.

대싸리로 비를 만들어 타작할 때 쓰리라.

참깨 들깨를 수확한 후에 다소 이른 벼를 타작하고

담배나 녹두 등을 팔아서 아쉬운 대로 돈을 만들어라.

장 구경도 하려니와 흥정할 것 잊지 마소.

북어쾌와 젓조기를 사다가 추석 명절을 쇠어 보세.

햅쌀로 만든 술과 송편, 박나물과 토란국을

조상께 제사를 지내고 이웃집이 서로 나누어 먹세.

며느리가 휴가를 얻어 친정에 다니러 갈 때에,

개를 잡아 삶아 건지고 떡 상자와 술병을 함께 보낸다.

초록색 장옷과 남빛 치마로 몸을 꾸미고 다시 보니,

농사짓기에 지친 얼굴 피로가 좀 회복되었느냐.

추석날 밝은 달 아래 기를 펴고 놀다 오소.

금년에 할 일을 다 못 했지만 내년 계획을 세우리라.

풀을 베고 더운가리(날이 몹시 가물었다가 소나기가 왔
을 때 그 물을 이용하여 논을 가는 일)하여 밀과 보리
를 심어 보세.

끝까지 다 익지 못했어도 급한 대로 거두고

밭을 가시오.

사람 일만 그런 게 아니라 자연 현상도 마찬가지니,

잠시도 쉴 사이가 없이 마치면서 또 시작되도다.

정학유 조선 후기 때의 문인으로 정약용의 둘째 아들이다. 일생을 문인으로 마쳤다. 순조 때인 1816년 한 해 동안 힘써야 할 농사일과 철마다 알아두어야 할 풍속 및 예의범절 등을 기록한 《농가월령가》를 지었다.

농가월령가(農歌月令歌)

정월령(正月令)

正月(정월)은 孟春(맹춘)이라

입춘(立春) 우수(雨水) 절후(節侯)로다.

山中澗壑(산중 간학) 氷雪(빙설)은 남아시니,

平郊(평교) 廣野(광야)의 雲物(운물)이 變(변)하도다.

어와 우리 聖上(성상) 愛民中農(애민 중농)하오시니,

懇惻(간측)하신 勸農綸音(권농 윤음)

坊曲(방곡)의 頒布(반포)하니,

슬푸다 農夫(농부)들아 아므리 無知(무지)한들,

네 몸 利害(이해) 姑捨(고사)하고 聖意(성의)를 어길소냐?

山田水畓(산전 수답) 相半(상반)하게 힘디로 하오리라.

一年豊凶(일년풍흉)은 測量(측량)하지 못하야도,

人力(인력)이 極盡(극진)하면 天災(천재)를 免(면)하느니,

져 各各(각각) 勸勉(권면)하여 게얼니 구지 마라.

一年之計在春(일년지계 재춘)ᄒ니 凡事(범사)를 미리 ᄒ라.

봄에 만일 失時(실시)ᄒ면 終年(종년) 일이 낭패되네.

農地(농지)를 다ᄉ리고 農牛(농우)를 살펴 먹여,

지거름 지와 노코 一邊(일변)으로 시러 닉여,

麥田(맥전)의 오줌듀기 歲前(세전)보다 힘디 ᄒ소.

늙으니 筋力(근력) 업고 힘든 일은 못ᄒ야도,

낫이면 이영 녁고 밤의ᄂ 싁기 쏘아,

씨 맛쳐 집 니우니 큰 근심 더럿도다.

實果(실과) 나모 벗솟 싸고 가지 ᄉ이 돌 셔오기,

正朝(정조)날 未明時(미명시)의 試驗(시험)죠로 ᄒ여 보소.

며나리 닛디 말고 松菊酒(송국주) 밋ᄒ여라.

三春(삼춘) 百花時(백화시)에 花前一醉(화전 일취)ᄒ여 보즈.

上元(상원)날 달을 보아 水旱(수한)을 안다 ᄒ니,

老農(노농)의 徵驗(징험)이라 대강은 斟酌(짐작)ᄂ니.

正初(정초) 歲拜(세배)ᄒ믄 敦厚(돈후)ᄒ 風俗(풍속)이라.

시 衣服(의복) 떨쳐 입고 親戚隣人(친척 인인) 셔로 ᄎᄌ,

老少男女(노소 남녀) 兒童(아동)싸지

三三 五五(삼삼오오) 단일 적의,

와삭버석 울긋불긋 物色(물색)이 繁華(번화)ᄒ다.

산나히 鳶(연) 씌오고 계집아히 널 쒸고,

늣노라 나기ᄒ기 少年(소년)들의 노리로다.

祠堂(사당)의 歲謁(세알)ᄒ니 餠湯(병탕)의 酒果(주과)로다.

엄파와 미나리를 무오엄의 겻드리면,

보기의 新新(신신)ᄒ야 五辛菜(오신채) 불워ᄒ랴?

보름날 藥食(약식) 茶禮(다례) 新羅(신라)적 風俗(풍속)이라.

묵은 山菜(산채) 살마 닉여 肉味(육미)를 밧골소냐?

귀밝히ᄂ 藥(약)술이며 부름 삭ᄂ 生栗(생률)이라.

먼져 불너 더위팔기 달마지 홰불 혀기,

흘러오ᄂ 風俗(풍속)이오 아희들 노리로다.

팔월령(八月令)

팔월(八月)이라 仲秋(즁츄) 되니 白露(빅로) 츄분 졀긔로다.

北斗星(북두셩) 자로 도라 西便(셔편)을 가르치니,

선선호 죠셕 긔운 秋意(츄의)가 완연호다.

귀쏘람이 말근 쇼릭 碧間(벽간)에 들거고나,

아참에 안긔 씨고 밤이면 이슬 ᄂᆞ려,

百穀(빅곡)을 成實(셩실)호고 만물을 진촉호니,

들 구경 돌나보니 힘드린 닐 功生(공생)호다.

百穀(빅곡)의 이삭 픠고 여믈 드러 고기 숙어,

西風(셔풍)에 익ᄂᆞ 빗츤 黃雲(황운)이 이러난다.

빅셜 갓튼 면화송이 산호 갓튼 고초 ᄃᆞ리

쳠아에 너러시니 가을볏 명낭호다.

안팟 마당 닷가 노코 발쳐 망구 작만호쇼.

면화 ᄯᆞᄂᆞ 다락키에 수수 이삭, 콩가지오.

나무꾼 도라올 졔 머루 ᄃᆞ릭 山果(산과)로다.

뒤동산 밤 디츄ᄂᆞ 아이들 셰상이라.

알암 모화 말이어라. 쳘 듸여 쓰게 ᄒᆞ쇼.

명지를 ᄭᅳᆫ허 내여 秋陽(츄양)에 마젼ᄒᆞ고,

쪽 듸리고 잇 듸리니 靑紅(쳥홍)이 색색이라.

부모님 年晩(연만)ᄒᆞ니 壽衣(슈의)롤 유의ᄒᆞ고,

그 남아 마루재아 ᄌᆞ녀의 婚需(혼수)ᄒᆞ세.

집 우희 굿은 박은 요긴ᄒᆞᆫ 器皿(기명)이라.

뎝ᄉᆞ리 뷔롤 매아 마당질의 쓰오리라.

참ᄶᅵ 들ᄶᅵ 거둔 후의 즁오려 타작ᄒᆞ고,

담배 줄 녹두 말을 아쇠야 作錢(쟉젼)ᄒᆞ랴.

쟝 구경도 ᄒᆞ려니와 흥졍할 것 잊지 마쇼.

북어쾌 졋죠긔롤 츄셕 명일 쇠아 보세.

新稻酒(신도쥬) 오려숑평 박나믈 토란국을,

先山(션산)의 제물ᄒᆞ고 이웃집 논화 먹세.

며ᄂᆞ리 말믜 바다 본집에 覲親(근친) 갈 제,

개 잡아 살마 건져 떡고리와 슐병이라.

쵸록 쟝옷 반믈 치마 裝束(쟝쇽)ᄒᆞ고 다시 보니,

여름지에 지친 얼골 蘇復(쇼복)이 되얏ᄂ냐.

즁츄야 붉은 달에 志氣(지긔) 펴고 놀고 오쇼.

금년 홀 일 못 다하나 망년 計較(계교) ᄒ오리라.

밀재 뷔여 더운가리 牟麥(모맥)을 秋耕(츄경)ᄒ세.

삿삿치 못 닉어도 급한 대로 것고 갈쇼.

人功(인공)만 그러할가 天時(텬시)도 이러ᄒ니,

半刻(반각)도 쉴 쩌 업시 맛츠며 시작ᄂ니.

'우리나라 세시풍속을 알 수 있는 노래'

〈농가월령가〉는 농가에서 각 달에 해야 할 농사일과 세시풍속, 지켜야 할 예의범절 등을 노래한 월령체 가운데 가장 규모가 크고 짜임새 있는 노래란다. 계절의 변화에 따라 예로부터 내려오는 농사와 세시풍속, 놀이뿐만 아니라 제철 음식과 명절 음식을 월별로 나누어 알려주는 노래이기도 해.

지은이 정학유는 다산 정약용의 둘째 아들로 실학 정신을 실천하고자 직접 농사를 짓기도 했는데 이 노래의 어투가 절기를 소개할 때는 '~로다' 하는 감탄형이었다가 농사일을 권할 때는 '~하소, ~하라' 하는 명령형으로 끝나는 이유가 그가 평민 계층의 농민이 아닌 사대부 양반이었음을 말해 준다고 할 수 있어.

전체 구성은 '절기 소개 → 그 달에 대한 작가의 정서 → 농사일 → 세시풍속' 순으로 각 장이 동일한 방식이며, 서사에서 12월령까지 모두 13장으로 이루어져 있지.

각 장의 내용은 농사짓는 시기를 강조하고 농구 관리와 거름의 중요성, 과목, 양잠, 양봉, 산채, 김장, 누룩 등에 이르기까지 다양한 농사 내용과 세배, 널뛰기, 윷놀이, 달맞이 더위팔기, 성묘, 천렵 등 민속적인 행사나 농촌 풍속을 소개하고 있구나.

또한 농업 기술을 음률에 맞춰 흥겹게 노래를 부를 수 있도록 했다는 점에서 농업 기술을 보급하고 오늘날 우리 민속학 연구에도 많은 도움을 주고 있다고 해.

정월령의 주요 내용을 살펴보면 우선 24절기 중에 봄을 알리는 입춘과 만물이 촉촉하게 녹아내리는 비가 온다는 우수라는 절기를 알려주고 있어.

〈농가월령가〉의 서사에 보면 해와 달이 돌아가는 길을 소개하고 땅 위의 동서남북이 다르므로 북극성을 중심으로 멀고 가까움에 따라 24절기를 한 해 열두 달에 따라 갈라 놓은 이야기가 나온단다.

농사를 권하는 임금님의 교서를 소개하고 정월의 다양한 농사일이 나오는구나. 땅에 거름을 주고 소를 잘 먹이고 노인들도 놀지 말고 이엉 엮고 새끼 꼬아 지붕을 올리는데 도움을 주라고 당부하고 있어.

특히 과일나무 껍질을 벗겨 그 사이에 돌을 끼우는 '과일나무 시집보내기'는 지방마다 조금씩 다르게 전해지고 있는 풍습인데 과일이 풍성하게 많이 열리길 기원하는 바람으로 비롯된 것이라고 볼 수 있어.

정월대보름의 풍습도 자세히 알려주는구나. 정월대보름은 신라시대부터 내려온 명절로 한 해 첫 번째 보름달이 뜨는 정월대보름에 달에게 소원을 빌고, 마을의 풍요와 평안을 기원하는 마을제사도 지냈어. 한 해의 풍년을 빌며 줄다리기, 지신밟기, 쥐불놀이 등이 마을마다 벌어지는가 하면 글방에 다니는 아이들은 대보름 전날 천자문을 아홉 차례 읽어야 했단다. 호두, 밤, 잣 등을 깨물면 한 해 동안 종기나 부스럼이 나지 않는다 하여 이를 '부럼깬다' 하였구나. 한편 정월대보름날 만나는 사람의 이름을 부르면서 더위를 팔면 여름에 더위를 먹지 않는다고 했어. 이런 풍습은 지금도 행해지고 있어.

세배하고 이웃들과 맛있는 음식을 나눠먹는 설날의 풍습도 참 아름답구나. 특히 설빔을 차려 입고 즐거워하는 모습을 '와각버석 울긋불긋'이라는 의성어와 의태어로 표현하니 아이들이 즐거워 뛰어다니는 모습이 더 실감나게 느껴지네.

추석이 있는 팔월이 되니 절기는 하얀 이슬이 내리는 백로와 가을이 깊은 추분이구나. 누렇게 익은 곡식은 노란구름이 이는 듯하고, 목화는 하얀 눈 같고 고추열매를 산호 같다고 들을 구경한 지은이가 뿌듯한 감정을 표현하고 있어. 그리고 수확을 위한 여러 도구들을 장만하고 장에 가서 담배, 녹두를 팔아 돈을 마련하여 북어와 절은 조기를 사다가 추석을 지내자고 권해. 물론 조상께 제사 지내고 이웃과 음식을 나누어 먹는 것은 정월의 설날이랑 같은데 며느리에게 음식을 장만하여 친정나들이를 보내는 게 눈길을 끄는구나.

〈농가월령가〉는 사대부에 의해 백성을 가르치려는 의도로 지어진 노래라 문학적인 아름다움이 다소 떨어질 수도 있으나 당시의 풍속을 알 수 있고 실생활에 사용하는 살아있는 언어가 담긴 귀중한 작품이기도 하단다.

　아직도 남아 있는 우리의 민속놀이를 알아 볼 수 있는 귀중한 자료가 되는 〈농가월령가〉 전문 13장을 기회가 되면 꼭 읽어 보도록 하자.

한 걸음 더

　조선 전기 가사에 나오는 사대부들이 바라 본 '자연'과 〈농가월령가〉에 나오는 '자연'의 차이점을 이야기해 보자.

일동장유가(日東壯遊歌)

– 김인겸

사신 일행을 전송하려고
만조백관이 다 모였네.

일동장유가

일생을 살아감에 성품이 어설퍼서
입신출세에는 뜻이 없네.
진사 정도의 청렴하다는 명망으로 만족하는데
높은 벼슬은 해서 무엇 하겠는가?
과거 공부에 필요한 도구를 모두 없애 버리고
자연을 찾아 놀러 다니는 옷차림으로
전국을 두루 돌아다니며 명산대천을 다 본 후에,
음풍농월하며 금강 유역에서 은거하고 지냈는데,
서재에서 나와 세상 소식을 들으니
일본의 통치자 토쿠가와 이에시게가 죽고

친선 사절단을 청한다네.

-일본에서 통신사를 청함

이때가 어느 때인고 하면 계미년 8월 3일이라.

경복궁에서 임금님께 하직하고 남대문으로 내달아서

관우의 사당 앞을 얼른 지나 전생서*에 다다르니,

사신 일행을 전송하려고 만조백관이 다 모였네.

곳곳마다 장막이 둘러쳐 있고

집집마다 안장을 얹은 말이 대기하고 있도다.

전후좌우로 모여들어 인산인해가 되었으니

정 있는 친구들은 손잡고 장도를 걱정하고,

철모르는 소년들은 한없이 부러워하네.

-만조백관들과 작별 모습

···〈중략〉···

* **전생서** 나라의 제사에 쓰는 동물을 기르던 곳

거센 바람에 돛을 달고 여섯 척의 배가 함께 떠날 때,

악기 연주하는 소리가 산과 바다를 진동하니

물속의 고기들이 마땅히 놀람직하도다.

부산항을 얼른 떠나 오륙도 섬을 뒤로하고

고국을 돌아보니 밤빛이 아득하여

아무 것도 아니 보이고,

바닷가에 있는 군영 각 항구의

불빛 두어 점이

구름 밖에서 보일 듯 말 듯하다.

–부산항 출발 광경

선실에 누워서 내 신세를 생각하니

가뜩이나 마음이 어지러운데 큰 바람이 일어나서,

태산 같은 성난 물결이 천지에 자욱하니,

만석을 실을 만한 큰 배가 마치 나뭇잎이 나부끼듯

하늘에 올랐다가 땅 밑으로 떨어지니,

열두 발이나 되는 쌍돛대는 나뭇가지처럼 굽어 있고
쉰 두 폭으로 엮어 만든 돛은 반달처럼 배가 불렀네.
큰 우렛소리와 작은 벼락은
등 뒤에서 떨어지는 것 같고,
성난 고래와 용이 물속에서 희롱하는 듯하네.
선실의 요강과 타구가 자빠지고 엎어지고
상하 좌우에 있는 선실의 널빤지는
저마다 소리를 내는구나.

-바다 가운데서 폭풍을 만남

        …<중략>…

포구로 들어가며 좌우를 둘러보니,
깎아지른 듯한 산봉우리의 모습이 몹시도 아름답다.
소나무, 삼나무, 대나무, 잣나무, 귤유* 등감 등이
모두 다 등청*일세.

왜인 종자 여섯 놈이 금도정*에 앉아 있구나.

인가가 드물어서 여기 세 집 저기 네 집.

합하여 헤아리면 오십 호가 넘지 않는다.

집 모습이 몹시 높아서 노적더미 같구나.

-대마도의 풍광과 인가의 모습

구경하는 왜인들이 산에 앉아 굽어본다.

그 중의 남자들은 머리를 깎았으되

뒤통수만 조금 남겨 고추상투*를 하였고,

발 벗고 바지 벗고 칼 하나씩 차고 있으며,

여자들의 치장은 머리를 깎지 않고

밀기름을 듬뿍 발라 뒤로 잡아매어

족두리 모양처럼 둥글게 감았고,

* **귤유** 귤의 한 종류
* **등청** 오렌지 색을 띤 청색
* **금도정** 정자 이름
* **고추상투** 고추같이 작은 상투

그 끝은 둘로 틀어 비녀를 질렀으며

노소와 귀천을 가리지 않고

얼레빗을 꽂았구나. 의복을 보아하니

무* 없는 두루마기

한 동으로 된 옷단과 막은 소매가

남녀 구별 없이 한가지요,

넓고 크게 접은 띠를 느슨하게 둘러 띠고

늘 쓰는 모든 물건은 가슴 속에 다 품었다.

남편이 있는 여자들은 이를 검게 칠하고

뒤로 띠를 매었고, 과부, 처녀 , 계집아이는

앞으로 띠를 매고 이를 칠하지 않았구나.

-왜인들의 치장과 옷차림

    …<중략>…

* **무** 옷의 양쪽 겨드랑이 아래에 댄 다른 폭
* **목아천리** 기름진 넓은 땅
* **무장주** 일본의 서북부의 지역 이름

16일에 비옷을 입고 강호(동경)로 들어갈 때에

왼편은 마을이요, 오른편은 바다(태평양)로다.

산을 피하고 바다를 향해 있는 들판이

옥야천리*로 생겼는데

높은 누각과 집들은 사치스럽고 사람들이 번성하다.

성곽의 높고 장한 모습과 다리와 배의 대단한 모습이

대판성 서경보다 3배는 더하구나.

좌우에 구경하는 사람이 몹시 장하고 숫자가 많으니

어설픈 붓끝으로는 이루 다 적지 못하겠도다.

삼십리 오는 길이 빈틈없이 인파로 이어져 있으니,

대체로 헤아려 보면 백만이 여럿이로구나.

여자들의 모습이 아름답기가

명고옥(나고야)과 한가지다.

-강호의 번성한 모습

실상사로 들어가니 여기도 무장주*일세,

처음에 덕천 가강(도쿠카와 이에야스)이

무장주의 태수로서,

풍신수길이 죽은 후에 그 가계를 없애 버리고,

이 땅(강호)에 도읍을 정하여 강하고 풍요로우며,

일을 계획함이 신중 은밀하며 법령도 엄격하고

생각하는 것도 깊어서 왜국을 통일하니,

아무튼 제 무리에서는 영웅이라고 하겠도다.

덕천 가강*이 죽은 후에 자손이 이어져서

이때까지 누려오니 복력이 기특하다.

17일에는 비가 개지 않아서 실상사에서 묵었다.

-실상사에 묵으면서 그 곳에서 일어난 역사를 회고함

…〈하략〉…

김인겸 조선 후기 때의 문인으로 57세 때인 1763년에 통신사행의 종사관 서기로 뽑혀 일본에 다녀왔다. 1764년 일본에 다녀온 기행사실을 가사 형식으로 《일동장유가》를 지었다.

* **덕천가강** 원가강. 풍신수길에 이어서 일본의 통치자가 된 인물

일동장유가(日東壯遊歌)

평싱(平生)의 소활(疎闊)ㅎ야 공명(功名)의 쓰디 업늬.

진亽 청명(淸明) 죡ㅎ거니 대과(大科)ㅎ야 무엇ㅎ리.

댱듕 졔구(場中諸具) 업시ㅎ고 유산(遊山) 힝장(行裝) 출혀 내여

팔도(八道)로 두루 노라 명산(名山) 대쳔(大川) 다 본 후의,

풍월(風月)을 희롱(戲弄)ㅎ고 금호(金湖)의 누엇더니,

북창(北窓)의 줌을 쯰야 셰샹 긔별 드러 ㅎ니,

관빅(關白)이 죽다 ㅎ고 통신亽(通信使) 쳥ㅎ다늬.

이 쌔눈 어ㄴ 쌘고. 계미(癸未) 팔월 초삼이라.

북궐(北闕)의 하딕(下直)ㅎ고 남대문 내드라셔,

관왕묘(關王廟) 얼픗 지나 젼싱셔(典牲署) 다드르니,

亽항을 젼별(餞別)ㅎ랴 만됴(滿朝) 공경(公卿) 다 모닷늬.

곳곳이 댱막(帳幕)이오 집집이 안마(鞍馬)로다.

좌우 젼후 뫼와 들어 인산인히(人山人海) 되어시니,

정 잇는 친구들은 손 잡고 우탄(吁嘆)ᄒ고,

쳘 모르는 소년들은 불워ᄒ기 측량(測量) 업니.

    …〈중략〉…

댱풍(壯風)이 돗츨 드라 뉵션(六船)이 홀쯰 쩌나,

삼현(三絃)과 군악 소리 산히(山海)룰 진동ᄒ니,

믈 속의 어룡들이 응당이 놀라도다.

하구(海口)룰 엇픗 나셔 오뉵도(五六島) 뒤지우고,

고국(故國)을 도라보니 야ᄉᆡᆨ(夜色)이 창망(滄茫)ᄒ야

아모것도 아니 뵈고,

연히 변진(邊鎭) 각 포(浦)의 불빗 두어 뎜이

구룸 밧긔 뵐 만ᄒ니.

ᄇᆡ방의 누어 이셔 내 신셰룰 ᄉᆡᆼ각ᄒ니,

ᄀᆞᆺ독이 심난ᄒᆫ디 대풍이 니러나니,

태산 ᄀ튼 셩낸 믈결 텬디의 ᄌ옥ᄒ니,

큰나큰 만곡쥬(萬斛舟ㅣ) 나모닙 브치이ᄃ,

하ᄂᆞᆯ의 올라다가 디함(地陷)의 ᄂ려지니,

열 두 발 ᄲ앙돗대ᄂᆞᆫ 지이텨로 구버 잇고,

쉰 두 복 초셕 돗츤 반 둘쳐로 비블럿ᄂᆡ.

굵은 우레 준 별악은 등 아래셔 딘동ᄒ고,

셩낸 고래 동ᄒᆫ 농은 믈 속의셔 희롱ᄒᆞᄂᆡ.

방 속의 요강 타구 쟛바지고 업더지고,

샹하 좌우 비방 널은 닙닙히 우ᄂᆞᆫ구나.

     …〈중략〉…

포구(浦口)로 드러가며 좌우롤 둘러보니,

봉만(峰巒)이 삭닙(削立)ᄒ야 경치가 긔졀(奇絕)ᄒ다.

송슘(松衫) 듁빅(竹栢) 귤뉴(橘柚) 등감 다 몰쇽 등쳥일싴.

왜봉(倭奉) 여ᄉᆞᆺ 놈이 금도졍(劍道亭)의 안잣구나.

인개(人家ㅣ) 쇼됴(疏凋)ᄒ고 여긔 세 집 뎌귀 네 집

합ᄒ야 헤게 되면 ᄉ오십 오 더 아니타.

집 형샹이 궁슝(穹崇)ᄒ야 노젹덤이 ᄀ고내야.

굿 보ᄂ 왜인들이 안자 구버본다.

그 듕의 ᄉ나ᄒ는 머리를 샷가시디,

ᄉ곡뒤만 죠금 남겨 고쵸샹토 ᄒ여시며,

발 벗고 바디 벗고 칼 ᄒ나식 ᄎ 이시며

왜녀(倭女)의 치장들은 머리를 아니 ᄉ각고

밀기룸 듬북 발라 뒤흐로 잡아 미야,

죡두리 모양쳐로 둥글게 ᄉ구여 잇고,

그 ᄉ귓ᄎᆫ 두로 트러 빈혀를 질러시며,

무론(無論) 노쇼 귀쳔(老少貴賤)ᄒ고

어레빗솔 ᄉ곳잣구나. 의복을 보아ᄒ니 무 업슨 두루마기,

ᄒ 동 단 막은 ᄉ매 남녀 업시 ᄒ가지요,

넙고 큰 졉은 ᄯᅴ를 느죽히 둘러 ᄯᅴ고,

일용 범빅(日用凡百) 온갖 거손 가슴 속의 다 품엇다.

남진 잇눈 겨집들은 감아ᄒ게 니[齒]룰 칠ᄒ고,

뒤흐로 씌룰 미고 과부 쳐녀 간나ᄒㅣ눈

압흐로 씌를 미고 니룰 칠티 아낫구나.

　　　…〈중략〉…

십뉵일 우장 닙고 강호(江戶)로 드러갈ᄉㅣ,

왼편은 녀염(閭閻)이오, 올흔편은 대ᄒㅣ(大海)로다.

피산대해산(避山對海ᄒ야 옥야 쳔니(沃野千里) 삼곗눈딕,

누디제퇴(樓臺第宅) 샤치홈과 인물 남녀 번셩ᄒ다.

셩첩(城堞)이 졍장(亭壯)ᄒ 것과

고냥쥬즙(高梁舟楫) 긔특ᄒ 것.

대판셩(大阪城) 셔경(西京)도곤 삼비나 더ᄒ구나.

좌우의 숫보나 니 하 장ᄒ고 무수ᄒ니,

셔어(齟齬)ᄒ 붓 긋ᄎ로 이로 귀록 못 ᄒ로다.

삼십 니 오는 길히 빈틈 업시 뭇거시니,

대체로 헤어 보면 빅만을 여러힐쇠.

녀셕(女色)의 미려(美麗)ᄒ기 명호옥(名護屋)과 일반일다.

실상사(實相寺)에 들러가니 여긔도 무쟝쥘(武藏州ㅣ리)쇠.

처엄의 원가강(源家康)이 무쟝쥐 태슈(太守)로셔,

평슈길(平秀吉) 죽은 후의 평가(平家)롤 업시ᄒ고

이 싸의 도읍ᄒ야 강(强)ᄒ고 가음열며,

빈포(排布)가 신밀(愼密)ᄒ고 법녕(法令)도 엄준(嚴峻)ᄒ여,

지려(志慮)가 심쟝(深長)ᄒ야 왜국(倭國)을 통일ᄒ니,

아모커나 제 뉴(類)의는 영웅이라 ᄒ리로다.

가강(家康)이 죽은 후의 ᄌ손이 니어셔셔,

이 쌔ᄉ디 누려 오니 복녁(福力)이 갸륵ᄒ다.

십칠 일 비 개잔코 실상ᄉ셔 묵으니라.

　　…〈하략〉…

'일본으로 장쾌한 유람을 다녀오며 부른 노래'

〈일동장유가〉는 조선 영조 때의 문인이었던 김인겸이 통신사 삼방서기로 발탁되어 일본을 견문한 것을 기록한 장편 기행가사란다.

1763년 8월 3일 한양을 출발하여 이듬해인 1764년 7월 8일 경희궁에 들어가 왕에게 보고할 때까지의 약 11개월에 걸친 긴 여정을 빠짐없이 기록한 것으로 총 4책 8000여 구로 구성된 대작이지. 삼방서기는 통신사를 보좌하여 여러 기록을 책임지는 사람으로 작가는 500명에 달하는 대규모 통신 사절단의 긴 여정과 견문을 기록하였단다. 정확한 여정과 일시, 날씨, 자연 환경 등 이동하면서 겪은 사건과 그 곳에서 보고 들은 일본의 문물제도, 인물, 풍속, 외교 임무의 수행 과정과 이에 대한 느낌을 자세하게 기록하고 여기에 작가의 날카로운 비판과 위트, 해학이 있어 기행문의 재미를 살리고 있어. 하지만 임진왜란 이후 아직 가시지 않은 일본에 대한 불편한 감정과 미묘한 고민, 조선인으로서의 자존심 등이 곳곳에 드러나 있기도 해.

1764년 음력 1월 27일과 28일의 본문에서는 '왜성'의 웅장함에 대해 묘사하면서도 '사치가 측량없다'거나, 일본의 국토 '사천리 육십 주'를 모두 '조선땅 만들어서', 조선인에게 '예의를 아는 국민'으로 만들고 싶다는 등의 비판과 유머는 일본에 대한 글쓴이의 복잡한 생각이나 감정이 드러난 부분이라 할 수 있지.

여기 본문에서 소개하고 있는 내용은 벼슬에 뜻이 없는 작가가 과거 공부에 필요한 도구를 모두 없애고 자연에 묻혀 지냈으나 어느 날 일본에서 통신사를 청해 와 사신 일행과 함께 출발하는 장면이야.

한양에서 사신 일행의 전송을 받으며 시끌벅적한 환송의식에 수염이 허옇게 센 지은이는 오히려 부끄러움을 느끼고 있구나. 여섯 척의 배로 부산항에서 출발할 때는 그 기상으로 물속의 고기들도 놀랄 정도였지만 바다에서는 폭풍을 만나서 성난 고래와 용이 물속에서 희롱하는 듯 선실의 물건들이 나뒹굴고 뱃사람들은 똥물을 토하고 까무러칠 정도로 험난한 항해를 해.

폭풍에 시달린 끝에 겨우 대마도에 당도하니 오후 3시에서 5시쯤 되었는데 소나무, 삼나무, 대나무 등이 있는 산봉우리가 모조리 오렌지색을 띤 청색이라 이국적인 아름다움을 느끼지. 사절단 도착을 산에서 구경하는 일본인들을 사진 찍듯이 자세히 묘사한 것이 참 재미있어. 남자 여자 옷차림과 머리모양을 조선의 비녀와 두루마기, 족두리, 상투에 비교하여 설명하고 있지. 생전 처음 보는 모습이니 자신이 알고 있는 것을 기준으로 설명하고 바라보는 것은 당연할 거야. 외국 문물을 대하는 우리 조상들의 이런 시선은 수차를 보면서 우리의 물레방아와 비교하여 설명하는 대목에서도 알 수 있어.

이 작품은 홍순학의 〈연행가〉와 쌍벽을 이루며 당시의 일본 사정을 요모조모 순 국문으로 기록하여 국내에 알렸다는 점, 또 조선 후기 가사에 일본 체험 내용을 확대시켰다는 점에서 문학사적 의의가 크구나.

더구나 이 작품을 통해 당시 우리 외교 사절단의 규모와 한일 양국의 외교 방법, 당시 일본의 풍속 등을 엿볼 수 있을 뿐만 아니라 작가의 예리한 비판을 통해 임진왜란 이후의 일본에 대한 우리 민족의 감정도 읽을 수 있어 외교사적 면에서도 귀중한 자료가 되고 있어.

한 걸음 더

기행문의 3요소인 여정, 견문, 감상으로 나누어 이 작품을 읽어 보고 작가의 감상을 중심으로 당시 일본에 대한 우리 민족의 감정과 오늘날의 감정을 비교해 보자.

연행가(燕行歌)

– 홍순학

녹색창과 붉은 문의 여염집은
오색이 영롱하고,
화려한 집과 채색한 난간의
시가지는 만물이 번화하다.

연행가

아아, 하늘과 땅 사이에 남자 되기가 쉽지 않다.

변방에 위치한 나라에 사는 내가 중국 보기를 원했더니,

고종 3년 3월에 가례 책봉이 되오시니,

국가의 큰 경사요 백성의 복이라.

청나라에 청원하기 위해 세명의 사신을 뽑아내시니,

정사에는 우의정 유후조요,

부사에는 예조 시랑 서당보로다.

일행 중에 어사인 서장관은 직책이 소중하구나.

겸직으로 사복판사와 어영낭청*을 하였으니,

---

* **어영낭청** 조선 시대 군부를 맡아 보던 관청의 당사관

이때의 나이가 이십오 세라 이른 출세가 장하구나.

…〈중략〉…

금석산을 지나가니 온정평이 여기로구나,
날이 저물어 황혼이 되니 벌판서 잠자리를 정하자.
세 사신이 자는 곳은 군사들 쓰는 장막을 높이치고,
삿자리를 둘러막아 임시로 꾸민 방처럼 하였으되,
역관이며 비장 방장 불쌍하여 못 보겠다.
사방에서 외풍이 들이부니 밤 지니기가 어렵도다.
군막이라고 말은 하지만 무명 한 겹으로 가렸으니,
오히려 이번 길은 오뉴월 더운 때라,
하룻밤 지내기가 과히 어렵지 아니하나,
동지섣달 긴긴 밤에 바람과 눈이 들이칠 때
그 고생이 어떠하랴? 참혹하다고들 하데그려,
곳곳에 피운 화톳불은 하인들이 둘러앉고,

밤새도록 나팔 소리를 냄은 짐승이 올까 염려함이로다
날이 밝기를 기다려서 책문으로 향해 가니,
나무로 울타리를 하고 문 하나를 열어 놓고
봉황성의 장이 나와 앉아 사람과 말을 점검하며,
차례로 들어오니 묻고 경계함이 엄숙하고 철저하다.

녹색창과 붉은 문의 여염집은 오색이 영롱하고,
화려한 집과 채색한 난간의 시가지는 만물이 번화하다.
집집마다 만주 사람들은 길에 나와 구경하니,
옷차림이 괴이하여 처음 보기에 놀랍도다.
머리는 앞을 깎아 뒤만 땋아 늘어뜨려
당사실로 댕기를 드리고 마래기라는 모자를 눌러 쓰며,
일 년 삼백 육십 일에 양치질 한 번도 아니하여
이빨은 황금빛이요 손톱은 다섯 치나 된다.
검은빛의 저고리는 깃이 없이 지었으되,
옷고름은 아니 달고 단추 달아 입었으며,

검푸른 바지와 짙은 남빛 속옷 허리띠로 눌러 매고,

두 다리에 행전 모양으로 맨 것을 타오구라 이름하여,

발목에서 오금까지 가뜬하게 들이끼우고

깃 없는 푸른 두루마기 단추가 여럿이요,

좁은 소매가 손등을 덮어 손이 겨우 드나들고,

두루마기 위에 덧저고리 입고 무릎 위에는 슬갑이라.

곰방대 옥 물부리(담뱃대) 담배 넣는 주머니에,

부싯돌까지 들고 뒷짐을 지는 것이 버릇이라.

사람마다 그 모양이고 천만 사람이 같은 모습이라.

소국사람 온다 하고 저희끼리 수군대며

무엇이라고 인사 하나 한 마디도 모르겠다.

계집년들 볼 만하다. 그 모양은 어떻더냐.

머리만 치거슬러 가르마는 아니타고,

뒤통수에 모아다가 맵시 있게 장식하고,

오색으로 만든 꽃은 사면으로 꽂았으며,

도화색 분으로 단장하여 반쯤 취한 모양같이

불그스레 고운 태도 눈썹 치장을 하였고,

귀밑머리 고이 끼고 붓으로 그렸으니,

입술 아래 연지빛은 붉은 입술이 분명하고,

귓방울 뚫은 구멍에 귀고리를 달았으며,

의복을 볼 것 같으면 사나이 제도로되,

다홍빛 바지에다 푸른빛 저고리요,

연두색 두루마기를 발등까지 길게 지어,

목도리며 소매 끝동에 꽃무늬로 수를 놓고,

품이 너르고 소매가 넓어 풍채 좋게 떨쳐입고,

고운 손의 금가락지는 한 짝만 넓적하고

손목에 낀 옥고리는 굵게 사려서 둥글구나,

손톱을 길게 길러 한 치만큼 길렀으며,

발맵시를 볼 것 같으면 수를 놓은 당혜를 신었으며,

청나라 여자는 발이 커서 남자의 발같이 생겼으나,

한족의 여자는 발이 작아 두 치쯤 되는 것을

비단으로 꼭 동이고 신 뒤축에 굽을 달아

뒤뚱뒤뚱 가는 모양이 넘어질까 위태롭다.

그렇다고 웃지 마라. 명나라가 남긴 제도

저 계집의 발 한 가지가 지금까지 볼 것 있다.

···<하략>···

홍순학 조선 후기 때의 문장가로 고종 때인 1866년 주청사의 서장관으로 청나라에
다녀와서 장편의 기행가사 《연행가》를 지었다.

연행가(燕行歌)

어와 쳔지간에 남㉎ 되기 쉽지 안타.

편방의 이 닉 몸이 즁원 보기 원ᄒ더니,

병인년 츈삼월의 가례 쵹봉 되오시믹,

국㉎에 딕경이요 신민의 복녹이라.

상국의 쥬쳥헐식 삼 ᄉ신을 닉이시니,

상ᄉ에 뉴 승상과 셔 시랑은 부식로다.

함즁 어ᄉ 셔장관은 직쵹이 즁헐시고.

겸집의 사복 판ᄉ 어영 낭쳥 씩여스니,

시년이 이십 오라 쇼년 공명 장ᄒ도다.

　　　　…〈중략〉…

금셕산 지나가니 온졍평이 여긔로다.

일셰가 황혼ᄒ니 딕돈ᄒ며 슉소ᄒ㉎.

삼 사신 즈는 디는 군막을 놉피 치고,

삿즈리을 둘어 막아 가방쳐럼 흐여스되,

역관이며 비장 방장 불상흐여 못 보갯다.

ᄉ면 외풍 드러부니 밤 지ᄂ기 어렵도다.

군막이라 명식흐미 무명 흔 겹 가려스니,

오이려 이번 길은 월 염쳔이라,

하로 밤 경과흐기 과이 아니 어려오나,

동지ᄉᆞᆺ달 긴긴 밤의 풍셜이 드리칠 졔.

그 고ᄉᆡᆼ 웃더흐랴, 춤혹들 흐다 흔데.

쳐쳐의 화토불은 흐인 등이 둘너안고,

밤 ᄉᆡ도록 나발 소ᄅᆡ 즘ᄉᆡᆼ 올가 넘예로다.

발ᄉᆡ을 기다려서 쵹문으로 향흐 가니,

목쳑으로 울을 흐고 문 하나을 여러 놋코,

봉황셩장 나와 안져 이마을 졈검흐며,

ᄎᆞ례로 드러오니 범문신칙 엄졀흐다.

녹창 쥬호 여염들은 오싴이 영농ᄒ고

화ᄉ 챠란 시졍들은 만물이 변화ᄒ다.

집집이 호인들은 길의 나와 구경ᄒ니

의복기 괴려ᄒ여 처음 보기 놀납도다.

머리ᄂ 압흘 싹가 뒤만 ᄯ흐느리쳐서

당ᄉ실노 당긔ᄒ고 말익이을 눌너 쓰며

일 년 삼백육십 일에 양치 한 번 아니ᄒ여

이ᄉ욀은 황금이오 손톱은 다셧 치라

거문빗 져구리ᄂ 깃 업시 지어쓰되

옷고름은 아니 달고 단초 다라 입어쓰며

아쳥 바지 반물 속것 허리ᄯ로 눌러 미고

두 다리의 힝젼 모양 타오구라 일홈 ᄒ여

회목의셔 오금ᄭ지 회믠ᄒ게 드리 셰고

깃 업슨 쳥두루막기 단초가 여러히요

좁은 ᄉ믜 손등 덥허 손이 겨오 드나들고

두루막 위에 배자이며 무릅 우에 슬갑이라.

곰방되 옥 물쌜리 담비 너는 쥬머니의

부시싸지 쪄셔 들고 뒤짐지기 버릇치라.

사람마다 그 모양니 쳔만 인이 한빗치라.

쌋듸인 온다 ᄒ고 져의기리 지져귀며

무어시라 인사ᄒ나 ᄒ 마듸도 모르겟다.

계집년들 볼 만ᄒ다 그 모양은 웃더튼냐.

머리만 치거실러 가림즛난 아니 타고

뒤통슈의 모화다가 밉시 잇게 슈식ᄒ고

오쉭으로 만든 꼿츤 사면으로 꼿즈스며

도화분 단장ᄒ여 반취ᄒ 모양갓치

불그러 고흔틔도 아미을 다스르고

살죽을 고이 셰고 붓스로 그려스니

입슐 아릐 연지빗흔 단히 분명ᄒ고

귓방울 쑤른 군영 귀여소리 달아스며

의복을 볼작시면 사나히 졔도로되

다홍빗 바지의다 푸른빗 져구리오

연도식 두루마기 발등사지 길게 지어

목도리며 수구 솟동 화문으로 수을 노코

품 너르고 스미 널너 풍신 죠케 썰쳐 입고

옥수의 금지환은 외싹만 넙젹호고

손목의 옥고리는 굴게 스려 둥글고나.

손톱을 길게 길너 흔 치만큼 길너시며

발 밉시을 볼작시면 수당혀를 신어시며,

여는 발이 커셔 남자의 발 갓트나,

당여는 발이 작아 두 치짐 되는 거슬,

비단으로 쏙 동히고 신 뒤축의 굽을 달아,

위둑비둑 가는 모양 너머질가 위탁호다.

그러타고 웃지 마라. 명나라 세친 제도,

져 계집의 발 흔 가지 지금사지 볼 것 잇다.

　　…⟨하략⟩…

중국의 문물, 풍속, 인물을 담은 기행문

〈연행가〉는 중국을 담은 기행문으로 홍순학의 나이 25세에 쓴 총 3924구에 이르는 장편가사란다. 왕비 책봉 사실을 알리기 위해 고종 3년(1866)에 청나라에 파견된 사절단의 일원으로 동행한 그는 4월 9일 서울을 출발하여 5월 7일 압록강을 건너 북경으로 건너가 그해 8월 23일 돌아올 때까지의 총 133일 동안 보고 듣고 느낀 이국의 문물과 풍속, 인물 등에 관한 흥미로운 사실을 소개하고 있어.

압록강을 건너기까지는 고국의 산천과 곳곳에 얽힌 역사적 사실들을 사실적이면서도 정감 있게 묘사하였으며, 강을 건넌 후에는 중국의 여러 풍물·세태·자연풍광 등을 뛰어난 관찰력으로 세세하게 그려냈어. 형식의 측면에서는 4·4조의 율격에 맞추어 운율미를 지니고 비유하기와 생략하기, 강조하기 등의 문학적인 표현법을 적절하게 사용하고 있지.

〈연행가〉를 보면 "발ᄉᆡ을 기다려서 ᄎᆡ문으로 향ᄒᆞ가니 / 목ᄎᆡ으로 울을 하고 문 하나흘 여러 놋코 / 봉황성장 나와 안져 인마을 졈검ᄒᆞ며"까지가 여정이라고 할 수 있어. 이 부분은 '봉황성'에 들어가는 부분을 드러내지.

"녹황 쥬호 여염들은 오쇠이 영농ㅎ고 / 부싯가지 쎠서 들고 뒤짐지기 버릇시라.'까지가 견문에 해당된다고 볼 수 있겠네. 물론 부분적으로 감상이 드러난 부분도 있지만 봉황성 시가의 모습과 청나라 사람들의 복색 등을 주로 드러내고 있구나.

사행길에서 견문한 청나라 사람들의 생활문화를 전체 주제로 하는 이 작품은 청나라를 거부하고 이전의 명나라를 숭배하는 사상이 곳곳에 보이고 있단다. 여기 소개한 내용에서는 청나라 사람의 외모를 자세하게 묘사하면서 은연중에 우리 문화와 대비하여 우리 문화에 대한 우월감을 드러내고 있지. 한편으론 호인들의 부지런한 행실과 좋은 풍속을 인정하는 상대주의적 면모를 볼 수도 있어. 이것은 청나라에 대해 부정적 태도를 보이는 동시에 이미 풍요로운 물질문명을 누리고 있는 청에 대해 실용적 관점에서 긍정적인 태도를 보이기도 하는 이중적인 모습이야.

한 걸음 더

조선 후기 박지원의 소설 <허생전>에도 당시 사대부들의 '숭명반청' 의식이 나오는데 <허생전>을 읽어 보고 <연행가>에 나오는 장면들과 비교해 봐도 좋겠네.

춘면곡(春眠曲)

— 작자 미상

꽃의 향기는 옷에 배고
달빛은 뜰에 가득한데

춘면곡

봄잠을 늦게 깨어 대나무 창을 반쯤 여니,
뜰의 꽃은 활짝 피어 있고 가던 나비는
(꽃 위를) 머무는 듯,
강 언덕의 버드나무는 우거져서 성긴 안개를 띠었구나.
창 앞에 덜 익은 술을 두세 잔 먹은 후에
호탕한 미친 흥을 부질없이 자아내어
호사스런 복장으로 기생집을 찾아가니,
꽃의 향기는 옷에 배고 달빛은 뜰에 가득한데
광객인 듯 취객인 듯 흥에 겨워 머무는 듯
이리저리 거닐면서 기웃거리다가

풍치 있게 섰노라니,

푸른 기와와 붉은 난간이 있는 높은 집에 연두저고리와

다홍치마를 입은 아름다운 한 여인이

비단으로 가린 창을 반쯤 열고 고운 얼굴을 잠깐 들어

웃는 듯 반기는 듯 아리따운 자태로 머무는 듯하구나.

은근히 보내는 눈길을 하고 녹의금을 비스듬히 안고

맑고 청아한 노래 한 곡으로 봄 흥취를 자아내니,

선녀와 운우지정을 나누던

초나라 양왕의 꿈이 다정하다.

사랑도 끝이 없고 연분도 깊을시고.

이 사랑, 이 연분을 비길 데가 전혀 없다.

두 손목을 마주 잡고 평생을 약속함이

너는 죽어 꽃이 되고 나는 죽어 나비가 되어

청춘이 다 하도록 떠나 살지 말자 하였더니,

사람들의 입방아에 오르내리고, 조물주도 시기하여

새로운 정을 다 펴지 못하고 애달프지만 이별이라.

맑은 강에 놀던 원앙 울면서 떠나는 듯,

거센 바람에 놀란 벌과 나비 가다가 돌아오는 듯,

석양은 져 가고 정마*는 자주 울 때

비단으로 만든 적삼을 부여잡고

침울한 마음으로 이별한 후에

슬픈 노래, 긴 한숨을 벗을 삼아 돌아오니,

이제 임하여 생각하니 원수로다.

간장이 모두 썩으니 목숨인들 보전하랴?

몸에 병이 드니 모든 일에 무심해져

서재의 창문을 굳게 닫고 힘없이 누워 있으니,

꽃 같은 얼굴에 달 같은 모습은 눈앞에 아른거리고

아름다운 여인의 방은 베갯머리에 떠올라

* **정마** 멀리 갈 때 타는 말

꽃떨기에 이슬이 맺히니 이별의 눈물을 뿌리는 듯,

버들막에 안개가 끼니 이별의 한을 머금은 듯,

사람 없는 빈산에 달이 비쳐

두견새가 피를 토하며 울 때

슬프구나, 저 새소리. 내 마음 같은 두견새라.

삼경(밤 11시~새벽 1시)까지 잠 못 들고

사경(새벽 1시~새벽 3시)에 간신히 잠드니,

마음속으로 품고 있던 우리 임을 꿈속에서 다시 만나니,

천 가지 시름, 만 가지 한을

다 말하지 못하고 부질없이 꿈을 깨니,

아리따운 미인이 곁에 얼핏 앉아 있는 듯,

아아! 황홀하다, 꿈을 생시로 삼고 싶구나.

자지 않고 탄식하며 바삐 일어나 바라보니

구름 낀 산은 첩첩히 천 리의 꿈을 가렸고,

흰 달은 창창하여 임을 향한 마음을 비치었다.

좋은 시절은 끊어지고 세월이 많이 흘러서,

엊그제 꽃이 강 언덕의 버드나무 가에 붉더니

그동안에 세월이 빨리 흘러 잎 떨어지는 가을의 소리라.

새벽 서리지는 달에 외기러기가 슬피 울 때

반가운 임의 소식 행여 올까 바랐더니

아득한 구름 밖에 비 소리뿐이로다.

지루하다. 이 이별이 언제면 다시 볼꼬?

아야 내 일이야 나도 모를 일이로다.

이리저리 그리워하면서 어찌 그리 못 가는가.

약수* 삼천 리 멀다는 말이 이런 것을 이르는 것이구나.

산머리에 조각달 되어 임의 얼굴에 비치고 싶구나.

돌 위의 오동* 되어 임의 무릎 베고 싶구나.

빈산의 잠잘 곳으로 날아드는 새 되어

* **약수** 중국의 전설 속의 강
* **오동** 오동나무로 만든 거문고가 되어 님의 무릎을 베고 싶다는 것

북창에 가서 울고 싶구나.

지붕 위 아침 해 속의 제비 되어 날고 싶구나.

옥창 앵두꽃에 나비 되어 날고 싶구나.

태산*이 평지 되도록 금강이 다 마르려나?

평생 슬픈 회포를 어디에 비교하리?

책 속에 미인이 있다는 말은 나도 잠깐 들었으니,

마음을 고쳐먹고 정신을 가다듬어서

장부의 입신양명을 끝까지 이룬 후에

그 때 임을 다시 만나 오래오래 살겠노라.

* **태산** 중국의 유명한 산. 임에 대한 그리움이 과장되어 표현

춘면곡(春眠曲)

춘면(春眠)을 느지 쎄여 죽창(竹窓)을 반긔(半開)홀

뎡화(庭花)난 작작(灼灼)혼데 가는나뷔 머무는 듯

안류(岸柳)는 의의(依依)하여 성근 닉랄 쐬여세라

창전(窓前)에 덜 괸 술를 일이삼빅 먹은후에

호탕한 미친흥을 부질업시 자아니여

빅마 금편(白馬金鞭)으로 야유원(冶遊園) 차자가니

화향(花香)은 습의(濕衣)호고 월식(月色)은 만정(萬庭)혼데

광긱(狂客)인 듯 취긱(醉客)인 듯 흥을 겨워 머무는 듯

빅회(徘徊) 고면(顧眄)호여 유정히 섯노라니

취와쥬란(翠瓦朱欄) 놉푼집이 녹의홍상(綠衣紅裳) 일미인(一 美人)이

사창(紗窓)을 반긔(半開)호고 옥안(玉顔)을 잠간드러

웃는 듯 씽기는 듯 교틱(嬌態)하고 마자드러

츄파(秋波)랄 암쥬(暗注)하고 녹의금(綠綺琴) 빗기안고

청가 일곡(淸歌一曲)으로 츈의를 자아니니

운우 양딕상(雲雨陽臺上)에 초몽(楚夢)이 다뎡(多情)흐다

사랑도 디지없고 연분(緣分)도 깁흘시고

이 사랑 이연분(緣分) 비길데 전혀없다

두 손목 마주 잡고 평생(平生)을 언약(言約)함이

너는죽어 곳치되고 나는 죽어 나뷔되여

삼츈(三春)이 디진토록 써나사자 마자터니

인간에 말이만코 조물됴차 싀음ᄒᆞ야

산뎡이 미흡ᄒᆞ야 이달을손 니별이라

청강(淸江)에 노던원앙 우릐녜고 써나는 듯

광풍(狂風)에 놀룬봉졉(蜂蝶) 가다가 돌치는 듯

셕양은 다져가고 뎡마(停馬)난 자로울제

나삼을 뷔여잡고 암연(暗然)이 여흰후에

슬푼노릭 긴 흔슘를 벗슬삼아 도라오니

이제 이임이야 싱각ᄒ니 원슈로다

간장이 다 셕그니 목숨인들 보전ᄒ랴

일신(一身)에 병이되니 만사(萬事)에 무심ᄒ여

서창(書窓)을 구지닷고 셤셔이 누어스니

화용 월틱(花容月態)는 안즁(眼中)에 심연하고

분벽 사창(粉壁紗窓)은 침변(枕邊)이 여긔로다

하엽(荷葉)에 노젹(露跡)하니 별누(別淚)를 뿌리는 듯

류막(柳幕)의 연롱(煙濃)ᄒ니 유한(遺恨)을 먹음은 듯

공산 야월(空山夜月)의 두견이 슬피울졔

슬푸다 져 ᄉ소릭 내말갓치 불여귀라

삼경에 못든잠을 사경말릭 비러드니

상사ᄒ든 우리님을 ᄭ꿈가온데 잠간보고

천슈만한(千愁萬恨) 못다일너 일장호졉(一枕蝴蝶) 흐터지니

아릿ᄯ다온 옥빈홍안(玉鬢紅顔) 겻혜 얼픗 안젓는 듯

어화 황홀ᄒ다 ᄭ꿈을 싱시 심고지고

무침 허희ᄒ야 밧비니러 바라보니

운산(雲山)은 첩첩ᄒ야 쳔리안(千里眼)을 가리왓고

호월(皓月)은 창창ᄒ야 님향심에 비초엿다

가약(佳約)은 묘연ᄒ고 세월은 여류ᄒ여

엇그제 이월쏫지 녹안변(綠岸邊) 불거터니

그덧시 훌훌ᄒ여 낙엽이 츄셩(秋聲)일다

식벽달 지실적에 외기러기 울어널제

반가온 님의소식 힝여올가 바라보니

창망(蒼茫)혼 구름밧게 빗소릭 쑨이로다

지리ᄒ다 이 니별을 언제만나 다시볼사

어화 내 일이야 나도 모를 일이로다

이리저리 그리면서 어이 그리 못 가는고.

약수(弱水) 삼천 리 머닷 말을 이런 대러 일러라.

산두(山頭)에 편월(片月)되여 님의겻헤 빗최고져

셕상에 오동되여 님의무흡 베여보랴

옥상 됴량에 제비되여 날고지고

옥창 잉도화에 나뷔되여 날고지고

태산이 편지되고 금강이 다마르나

평싱 슬푼회포 어듸를 가을흐리

서중유옥안*(書中有玉顔)은 나도잠간 드러써니

마음를 고쳐먹고 강키(慷慨)를 다시늬여

장부(丈夫)의 공명(功名)을 굿굿이 이룬 후(後일)의

그제야 님을 다시 맞나 백년(百年)살녀하노라

'남성 화자가 느끼는 이별의 비애'

〈춘면곡〉은 조선 후기에 전하는 12가사의 한 작품으로 호남 지방에서 창작, 유포되다가 전국적으로 유행한 가창가사란다. 작자 미상으로 여러 사람에 의해 구전되다 보니 판소리처럼 6~7종의 이본(異本)이 있다고 해.

전통적으로 이별의 정한을 다룬 시가에는 대부분 여성 화자가 주인공이었는데 이 작품은 남성 화자가 느끼는 이별의 비애를 진솔하게 드러내고 있는 점이 특징이야. 일부분의 가사가 퇴폐적이라는 비판을 받기도 하지만 남성이 여인에게 느끼는 정감을 영탄, 대구 등의 다양한 표현 방법으로 드러내고 있다는 점에서 12가사 중에서도 걸작으로 꼽히고 있단다.

우리 문학에는 〈구운몽〉처럼 현실→꿈→현실의 구조를 이룬 작품이 많은데 〈춘면곡〉도 이런 구조로 이야기가 진행된단다. 한 선비가 봄날 야유원(기생집)에 갔다가 아름다운 여인을 만나 평생을 언약하는 사랑을 약속하지만 사람들의 입방아가 무서워 이별하고 집에 돌아와. 그런데 이별로 인한 한과 원망의 감정 때문에 잠을 이루지 못하다가 겨우 잠이 들어 꿈에서나마 임과 재회하여 즐거워하지만 꿈에서 깨자 다시 임에 대한 그리움에 빠져 이별의 고통을 이기지 못한다는 내용으로 구성되어 있지.

끝없는 사랑과 연분을 이야기 하고 죽어서 범나비가 된다는 도입부는 〈사미인곡〉, 〈속미인곡〉에서 자주 본 내용이라 낯설지 않을 거야. 세상 사람들의 시선과 시샘으로 이별한다 하여 이별의 이유를 세상 탓으로 돌리는 것은 운명의 탓으로 여기며 참고 기다리는 여인네들과는 조금 다른 태도라 할 수 있어. 작품 중에 나오는 호월(皓月)은 매우 맑고 밝게 비치는 달인데 화자의 심정을 대변한다고 볼 수 있지. 그러나 신선이 살았다는 전설 속의 강인 약수는 화자와 임의 사이를 가로막는 무정한 장애물이겠지.

한 남성 화자가 아름다운 여인과 사랑을 하고 평생을 같이 지내자는 언약까지 했으나 결국 이별하게 된 후, 이별의 슬픔과 여인에 대한 그리움을 털어 놓으며 재회를 다짐하며 노래로 불러 전달된 이 작품은 노래의 양식이 가곡만큼 세련되지는 않으나 시조보다는 전문적인 발성과 음악적 기교를 가지고 있다고 해.

한 걸음 더

황진이의 시조와 김소월의 시에 나타난 이별과 그리움을 이 노래에 나오는 남성 화자의 이별의 감정을 비교해 보면 어떨까?

일러두기

헷갈리는 어휘

어휘	뜻	비고	어휘	뜻	비고
ᄒᆞ다	하다[爲]		곧	곳[處]	
하다	많다[多]/ 크다[大]		곶	꽃[花]	
둏다	좋다[好]		ᄆᆞᄅᆞ다	재단하다[裁]	
좋다	깨끗하다[淨]		모ᄅᆞ다	모르다[不知]	
ᄂᆞᆺ	얼굴[顔]	*현대어:낯	녀름	여름[夏]	
얼굴	형체[形]		여름	열매[實]	

외워 두면 좋을 고유어

어휘	뜻	비고	어휘	뜻	비고
녀다(녜다)	가다/살아가다	*예다	쉬이/다이	쉽게/~답게	*고이:곱게
삼기다	생기다/생기게 하다		좃다-조차	좇다(따르다)-좇아	
괴다	사랑하다[愛]		즈믄	천(千)	
헌ᄉᆞᄒᆞ다	야단스럽다		뫼	산(山)	
~ㄹ셰라	~할까 두렵다		혜다	깊이 생각하다	*혜음,

외워 두면 좋을 한자어

① 정서

어휘	뜻	비고	어휘	뜻	비고
願(원)	원하다/바라다	원하다/바라다	분별(分別)	걱정	
怨(원)	원망하다	원망하다	盡(진)	다하다/줄어 없어지다	역진(力盡)
冤(원)	원통하다	원통하다	연모(戀慕)	그리움	
望(망)	바라다 *멀리 바라보다	바라다 *멀리 바라보다	흥(興)	흥겨움/재미/즐거움	
忘(망)	잊다	잊다	락(樂)	즐기다	
節(절)	절개/지조	절개/지조	憤(분)	성내다	*설분(雪憤)
閑(한)	한가하다	한가하다	嘆(탄)	탄식하다/한숨 쉬다	
悲(비)	슬프다	슬프다	憂(우)	근심/근심하다	우국(憂國)
哀(애)	슬프다	슬프다	참괴(慙愧)	부끄럽다	
愛(애)	사랑하다	사랑하다			
유(幽)	그윽하다(깊숙하여 고요하고 아늑하다)				
풍류(風流)	마음의 여유를 갖고 멋스럽고 즐겁게 삶				
恨(한)	원망/억울함/슬픔이 응어리 진 마음				
무심(無心)	속세에 관심 없음/감정·생각이 없음				

② 자연물

어휘	뜻	비고	어휘	뜻	비고
月火水木金土	달·불·물나무·쇠·흙	*일(日): 해	송(松)	소나무	*落落長松
성(星)	별		풍상(風霜)	바람과 서리	
도화(桃花)	복숭아꽃		황운(黃雲)	익은 곡식/전쟁 기운	
행화(杏花)	살구꽃		초(草)	풀	
이화(梨花)	배꽃	*이화(李花)	수(樹)	나무	
매화(梅花)	*아치고절(雅致高節)	*봄	림{임}(林)	수풀	
난(蘭)	난초	*여름	주(洲)	물가/섬	
국화(菊花)	*오상고절(傲霜孤節)	*가을	계(溪)	시냇물/산골짜기	
죽(竹)	*세한고절(歲寒孤節)	*겨울	천(泉)	샘	
어(漁)	고기 잡다	*어(魚): 고기	연하(煙霞)	안개와 노을	
운(雲)	구름		백구(白鷗)	갈매기	
백설(白雪)	흰 눈		로(露)	이슬	*초로(草露)
			류(柳)	버들/버드나무	

③ 시간 배경

어휘	뜻	비고	어휘	뜻	비고
조(朝)	아침		삼경(三更)	밤 11시~새벽 1시	*초경(初更)
석(夕)	저녁		주야(晝夜)	낮과 밤	

어휘	뜻	비고	어휘	뜻	비고
황혼(黃昏)	해질 무렵		春夏秋冬	봄 여름 가을 겨울	
모(暮)	해 질 무렵		동풍/ 서풍	봄 바람/가을 바람	
야(夜)	밤		남풍/ 북풍	여름 바람/겨울 바람	*삭풍(朔風)

④ 공간 배경

어휘	뜻	비고	어휘	뜻	비고
~누(樓)	누각/다락/ 망루		암(巖)	바위/낭떠러지	
~대(臺)	높고 평평 한 곳		암(庵)	암자/초막(草幕)	
~령(嶺)	고개	*=재	무릉(武陵)	무릉도원 (武陵桃源)	*선계(仙界)
~봉(峰)	봉우리		전원(田園)	(논밭이 있는) 시골	
~교(橋)	다리		주(舟)	배	*선(船):배
~당(堂)	집		궁전(宮殿)	대궐	
~동(洞)	골짜기/굴		공산(空山)	인적 없는 산 (겨울 산)	
~사(寺)	절		야(野)	들판	
~정(亭)	정자				
모옥(茅屋)	집(띠, 이엉으로 지붕을 인)				
자연	강호(江湖), 산천(山川), 청산(靑山), 유수(流水), 임천(林泉), 천석(泉石), 강산(江山), 산수(山水), 초야(草野), 상계(上界)				
속세	人生世間, 속세(俗世), 홍진(紅塵), 진세(塵世), 풍진(風塵), 삼공(三公), 만승(萬乘), 천승(千乘), 하계(下界)				

⑤ 기타

어휘	뜻	비고	어휘	뜻	비고
東西南北	동서남북		박주(薄酒)	질이 낮은 술 (막걸리)	
前後左右	전후좌우		산채(山菜)	산나물	
百/千/萬	백/천/만		난(亂)	난리(전쟁)/ 어지럽다	
만(滿)	차다/ 가득하다	춘만(春滿)	명(明)	밝다	明月/明日
만(晩)	늦다/ 저물다	만춘(晩春)	중(重)	*겹친/무거운	*萬重雲山
태(態)	모양/형상/ 몸짓	*花容月態	同氣(동기)	형제/자매	*同期(동기)
금(禁)	금지하다		난(暖)	따뜻하다	
루(淚)	눈물	*원루 (冤淚)	한(寒)	차갑다/얼다/ 춥다	
금(琴)	거문고		온(溫)	따뜻하다	
구중(九重)	궁궐	*九重深處	냉(冷)	차갑다	
창파(滄波)	푸른 물결 (파도)		양(陽)	햇볕/ 양지(陽地)	
흥망(興亡)	일어나고 망함		음(陰)	그늘/응달	
청(靑)	푸르다	*靑山	건곤(乾坤)	하늘과 땅	=천지(天地)
청(淸)	맑다	*淸香	만경(萬頃)	(땅이나 수면이) 넓다	*萬頃蒼波
상(常)	항상	*萬古常靑	은(隱)	숨다	*은거 (隱居)
녹(綠)	초록빛/ 푸르다	*녹음 (綠陰)	일월(日月)	세월/임금	
벽파(碧波)	푸른 물결 (파도)	*벽계 (碧溪)	어부 (漁父)	고기 낚는 사대부	*어부 (漁夫)
적(笛)	피리	*단적 (短笛)	君/ 臣/ 民	임금/신하/ 백성